展望車殺人事件

西村京太郎

祥伝社文庫

目次

友よ、松江《まつえ》で

1

右手の車窓に、中海《なかのうみ》が見える頃から、細《こま》かい雨が降り始めた。

中海の向うに、島根《しまね》半島が伸びている筈《はず》なのに、ぼうっと霞《かす》んでしまっている。

間もなく、松江《まつえ》に着く。私は、ボストンバッグを持ち、通路に出た。まだ、カーテンを閉めて、ベッドに寝ているのは、この先の出雲《いずも》市か、終点の浜田《はまだ》まで行く人たちだろう。

寝台特急「出雲1号」は、時刻表どおり、午前七時四十分に、松江に着いた。

高架になっているホームに降り立つと、梅雨寒《つゆざむ》というのだろうか、何となく、うす寒く、私は、まくりあげていたワイシャツの袖《そで》を、片手で、おろしながら、改札口に向った。

松江に来たのは、初めてだった。私は、特別に旅行好きではなかったし、二日前までは、松江に来る気もなかったのである。それが、急に来る気になったのは、一通の手紙のためだった。

〈助けてくれ〉

たった一行、それだけしか書いてない奇妙な手紙である。

差出人が、江上健一郎《えがみけんいちろう》でなかったら、私は、こんな手紙は、無視しただろう。だが、江上からの手紙なら別だった。手紙が、松江から来たものでなく、たとえ、外国から届いたものでも、私は、躊躇《ちゅうちょ》なく、出発しただろう。

十年ほど前、私も、江上も、全寮制の高校に入っていた。三年生の九月一日のことだった。

夜中に、火事になった。寮の大半が焼け落ち、三百六十七名の寮生の中《うち》、三名が焼死した。

もし、江上がいなかったら、間違いなく、私は、焼死者の中に入っていた。夏休みを、千葉の両親のところで過ごした私は、夜おそく、寮に帰って、疲れ切り、正体もなく眠っていたからである。その上、私と同じ部屋の寮生三人は、まだ、帰って来ていなかった。

隣室の江上は、いったん、燃えあがる寮から逃げ出すと、気になって、戻って来て、私が、眠りこけているのに気がついて、あわてて、起こしてくれたのである。

その時は、すでに、周囲は火の海になっていたから、私が起きるのが、もう二、三分でも遅かったら、完全に焼死していた筈である。

高校を卒業したあと、私と江上は、別の大学に進み、会うことも、まれになった。

私は、思うところがあって、警察官になる道を選び、現在、警視庁の捜査一課に勤務している。思うところというのは、平凡なサラリーマンの生活は、嫌《いや》だということだった。刑事もサラリーマンには違いがないが、毎日の仕事に、普通の会社勤めでは味わえない緊張感がある。

江上の消息を聞かないままに、何年かたち、去年の一月に、新宿《しんじゆく》のレストランでのF高校の同窓会で、久しぶりに、江上に会ったのだった。

それまでにも、F高校の同窓会は、何回か開かれていたのだが、私は、あまり出席しなかったし、出席した時は、江上は、顔を見せなかった。

江上は、高校時代とあまり変っていないように見えた。高校生時代の江上は、目立たない男で、成績も、わざと、そうしているのではないかと思うほど、いつも、十五、六番にいた。

秀才の感じはなかったし、といって、運動に秀《ひい》でていたわけでもない。私が選手をしていたサッカー部で、マネージャーをやったことがあるくらいのものだった。

二十七歳になった江上は、相変らず小柄《こがら》で、自分は、今、東西相互という相互銀行で、貸付係をしていると、みんなにいった。地味な背広に、きちんとネクタイをしめた恰好《かっこう》は、いかにも、銀行員、それも、一流銀行のではなく、相互銀行の人間という感じがした。

そんな江上が、同窓会の主役になれる筈がなく、逆に、酒が入って、座が賑《にぎ》やかになるにつれて、無視された存在になっていった。

江上自身は、そんな立場の自分を気にしていないように見えたが、私は、気になって、

「ちょっと、みんな聞いてくれ。おれは、高校時代、江上に命を助けられたんだ。もし、江上がいなかったら、今のおれはないんだ」

と、いった。みんなの注意を、江上に集めたかったのだ。

しかし、寮の火事のことは、すでに、江上自身が喋《しやべ》っているだろうとも思っていた。それなら、むしろ、しらけた空気になってしまうかも知れないと心配したが、案に相違して、全員が、びっくりした顔で、「え？」と、江上を見た。江上は、誰《だれ》にも、あの事件のことを話してなかったのだと思ったとき、私は、感動した。

顔を赧《あか》くして、照れている江上に向って、私は、

「今度は、いつか、おれに、君を助けさせてくれ」

と、いったのである。お座なりにいったつもりはなかった。もし、江上が、窮地に陥《お》ちいるようなことがあったら、どんなことをしてでも、助けてやる気になっていた。

た。

2

その江上から届けられた手紙だった。松江のNというホテルの便箋《びんせん》と封筒が使われてい

理由も何も書かれていないだけに、余計に、私には、切羽《せっぱ》つまった手紙に見えた。私は、速達で届いたその手紙を見たあと、松江のNホテルに電話をかけてみた。

しかし、フロントは、江上健一郎という泊り客はいないという。

私は、一瞬、当惑したが、手紙の消印は、松江になっているし、私の知っている江上は、こんな手紙で、他人《ひと》をかつぐような人間ではなかった。恐らく、偽名で泊っているのだろうし、偽名を使っていることにも、何か意味があるのだろう、例えば、誰かに追われているというような。

私は、とにかく、松江へ行き、Nホテルを訪ねてみることにして、休暇をとった。幸い、凶悪事件が起きていなかったし、上司は、別に、何の質問もせずに、三日間の休暇を許可してくれた。

改札口を出ると、松江の町も、小雨に煙って見えた。

駅前でタクシーに乗り、Nホテルの名前をいうと、車は、北へ向って走り出した。すぐ、宍道湖《しんじこ》の湖面が見えてきた。

松江は、宍道湖と、中海の接点のところに広がる町である。

私は、ラフカディオ・ハーンが住んでいた町としか知らなかった。

雨に煙る湖面には、小舟を出して、網を打っている漁師の姿が見えた。

宍道湖と中海とを大橋川《おおはしがわ》が結んでいる。川というより、水路のように見えるのは、普通は、宍道湖から中海へ向って流れているが、夏になって、宍道湖の水位が下がると、中海の海水が逆流してくるからだろう。

私を乗せたタクシーは、大橋川にかかる有料橋を渡った。大橋川の南を橋南《きょうなん》、橋を渡った北を橋北《きょうほく》というのだと、あとで知った。

松江城や、ラフカディオ・ハーンの旧居、それに、県庁なども、全《すべ》て、橋北にある。

Nホテルも、橋を渡って、すぐ、宍道湖の湖岸にあった。

真新しい、大きなホテルだった。

私は、フロントに、江上の写真を見せて、泊っていないかどうかを、きいてみた。最初は、熱のない様子で、お座なりに写真を見ていたが、私が、警察手帳を見せると、さすがに、態度が変った。

中年のフロント係は、ボーイも呼んで確めてから、

「この方は、君原《きみはら》健一郎というお名前で、お泊りになっていらっしゃいます」

「宿泊カードを見せて貰《もら》えませんか」

私がいうと、フロントは、ケースから、一枚のカードを抜き出して、見せてくれた。

君原健一郎　二十八歳　東京都大田《おおた》区大森《おおもり》

妻　圭子《けいこ》　二十五歳

「奥さんが一緒なの？」

私は、一瞬、裏切られたような気持になって、フロントを見た。

「助けてくれ」とだけ書かれた手紙を見たとき、私は、たった一人で、ホテルで助けを求めている江上の姿を想像していたからである。

「はい。ご一緒にチェック・インなさいました」

「何号室かな？」

「一二六三号室です。ツインのお部屋です」

「電話をして、小川《おがわ》が来たと伝えてくれませんか」

私がいうと、フロントは、変な顔をして、

「君原さまは、もう、ご出発になりましたが――」

「出発した？　いつです？」

「昨日です。私どもは、十二時がチェック・アウトの時間なんですが、確か、十一時半頃に、ロビーにおりていらっしゃいまして、ちょっと、遠くまで車で行きたいから、タクシーを呼んでくれといわれたんです」

「その時も、女性と一緒でしたか？」

「はい。奥さまも、ご一緒でした」

「タクシーを呼んだんですね？」

「はい」

「二人は、そのタクシーで、出発した？」

「はい」

また、私は、裏切られたような気分になった。

私に、助けてくれと、手紙を出したのなら、なぜ、私が来るまで、このホテルで待っていてくれなかったのだろうか？

昨日の午前十一時半頃といえば、丁度、私が江上の速達を受け取った時間である。せめて、今日のチェック・アウトの時刻まで、なぜ私を待っていなかったのか?

私が駈《か》けつけるとは、信じられなかったのだろうか?

「そのタクシーの運転手に会いたいんですが」

と、私は、いった。

「探してみましょう。いつも頼むタクシー会社ですから」

フロントは、すぐ、電話をとった。タクシー会社と、話していたが、受話器を置くと、

「その運転手を、こちらへ回してよこすそうです」

3

橋北タクシーという会社の車が、五、六分して、ホテルの前に着いた。運転手は、四十五、六の、頭のちょっと禿《は》げた男だった。

私は、そのタクシーに乗ると、江上の写真を見せた。

「この男と、連れの女を、昨日の十二時頃、乗せたと思うんだがね」

「ああ、おぼえてますよ、変なアベックだったからね」

と、中年の運転手は、ニヤッとした。

「変なというのは？」

「最初は、新婚さんだと思いましたよ。男の方は、ぱりっとした背広姿だし、女の方は、帽子をかぶって、左手の薬指に、きらきら光る指輪をはめてましたからねえ」

「ふーん」

私は、そんな姿の江上を、ちょっと想像できなかった。くたびれた、地味な背広姿の江上しか見ていなかったからである。

「この二人は、どこへ行ったのかね？」

「きいて、どうするんです？」

「私も、そこまで乗せて行って貰いたいんだ」

「少し遠いですよ」

「いいさ。どこへ行ったんだ？」

「出雲大社の先です」

「じゃあ、そこへ行ってくれ」

走り出したタクシーの中で、私は、Nホテルで貰った山陰地方の地図を広げた。

松江から、出雲大社までは、四十キロはあるだろう。なぜ、列車で行かずに、タクシーを使ったのだろうか？

「さっき、変なアベックだったといったけど、どこが、変だったのかね？」

と、私は、運転手の背中に、声をかけた。

「向うへ着くまで、ほとんど話をしなかったからね。ハネムーンの最中に、喧嘩《けんか》でもしたのかなと思ったけど、男の方が、時々、うしろを振り返っているんですよ。ひょっとすると、あの二人は、駈け落ちでもして来たのかも知れませんよ」

「うしろをね」

「私も気になったんで、時々、バックミラーを見てたんだけど、あとをつけてくる車はなかったですよ」

江上は、誰かに追われていたのだろうか？　もし、そうなら、私に助けてくれと手紙を書いた理由もわかるし、私の到着を待たずに、松江のホテルを出た理由もわかる気がする。追手が現われたので、あわてて、逃げたのだろう。

しかし、そうだとしても、江上は、誰から、何の理由で、逃げているのだろうか？

タクシーは、しばらく、宍道湖の湖岸に沿って走っていたが、やがて、湖面が見えなくなり、道路の両側に、畠《はたけ》や、雑木林が、広がるようになった。

海が近いためか、どの家も、松を周囲に植え、防風にしている。今日は、ただ、雨が降り続くだけで、風は、ほとんどないが、冬に入ると、日本海から吹きつけてくる風は、相当なものに違いない。

「一緒にいた女の方だが、どんな感じだったかね？」

と、私は、きいてみた。

去年の一月の同窓会の時、江上は、まだ結婚していないようなことをいっていた。その後、結婚したのかも知れないが、妻ではないことも考えられる。

「そうですねえ」

と、運転手は、一呼吸おいてから、

「スタイルはいいし、Kというタレントに似た美人でしたよ。どこか寂しげでね。ああいうのに、男は、弱いんじゃないですか。こんなことをいっちゃあ悪いかも知れないけど、あの男の人には、もったいないくらいの美人でしたねえ。どうして、あんな男に、あんな美人が、くっついて行くのかねえ」

運転手は、不満そうにいった。そのいい方が、おかしくて、私は、笑ってしまったが、考えてみれば、高校時代の江上は、女の子にもてない生徒だった。男子校だったが、近くに女子校があって、一緒にパーティをやったりすることもあったのだが、小柄で、見栄《みば》えがせず、交際下手の江上は、いつも、女の子に相手にされなかった。

女高生には、江上の心の温かさ、本当の優しさがわからなかったのだ。私だって、彼に助けられるまで、彼をどこかで馬鹿《ばか》にしていたのである。

今なら、彼の本当の良さがわかる。私も大人になったし、捜査一課で、凶悪事件を追っていると、人間の外見なんて、全く、当てにならないことがわかってくる。強盗殺人というような事件では、人間の本音が、もろに出てくるからである。

恋人か妻かはわからないが、今、江上は、美人と一緒にいるという。タクシーの運転手は、不釣合《ふつりあ》いだというが、その美人は、きっと、江上の、外見ではない、本当の良さがわかっているのだろう。

昼近くなって、やっと、出雲大社に着いた。

「ここで降りたのかね？」

「いえ、この先の海岸の旅館です」

「この先というと、日御碕《ひのみさき》の方かね？」

私は、地図を見ながらきいた。地図についている説明によれば、出雲大社で結婚式をあげたカップルは、日御碕まで足を伸ばし、半島の西端にある日御碕神社や、ウミネコの繁殖地として有名な経島《ふみしま》、それに、明治三十六年建造の日御碕灯台などを見て廻《まわ》るという。

「そうです。行きますか？」

「もちろん、行ってくれ」

と、私は、いった。

出雲大社を出ると、海岸沿いにドライブウェイが走っている。日御碕有料道路である。切り立ったような断崖《だんがい》に沿って走る道路で、景色は、素晴らしかった。昨日、江上も、この道路を、景色を楽しみながら、走ったのだろうか？　それとも、誰かに追われていて、景色を楽しむどころではなかったろうか？

雨も、ようやくあがって、鉛《なまり》色の空から、陽《ひ》が射《さ》し込んで来て、その光を受けて、海面がきらきら光っている。

「この辺は、どこでも、釣りが出来ますよ」

そのせいか、ところどころに見える家に、「釣舟あります」といった看板が出ている。

運転手が、いった。

（そういえば、高校時代、江上は、釣りが好きだったな）

と、思った。それで、この辺《あた》りに来たのだろうか。

道路の終ったところに、朱色に塗られた神社があった。天照大神《あまてらすおおみかみ》と、須佐之男命《すさのおのみこと》を祀《まつ》る日御碕神社である。

その近くに、小さな入江があり、漁船が何隻《せき》かつながれているのが見えた。旅館や、民宿、それに、土産物店なども並んでいる。

タクシーの運転手は、「ひのえ旅館」という看板の出ている旅館の前で、車を止めた。

「ここで、二人をおろしたんですよ」

と、運転手がいった。

私が、タクシーを返し、その旅館へ入ろうとした時、どやどやと、三人の男が、出て来るのにぶつかった。

大男が二人、手錠をかけた小柄な男を、両側から押さえつけるようにして出て来たのである。

手錠をかけられた小柄な男は、江上だった。

4

「江上!」

と、私が、呼ぶと、彼は、泣き笑いのような顔で、私を見た。前にも、彼の同じような顔を見たのを思い出した。F高校で、サッカー部に入って来たものの、とうてい選手にはなれないと失格の宣告をされたときも、こんな顔をしていたと思う。

「どうしたんだ?」

私がきくと、江上の腕をおさえていた大男の一人が、すぐ警察の人間とわかる口調で、

「なんだ、お前さんは」

と、咎《とが》めるように、私を睨《にら》んだ。

「この男の友だちでね。彼に会いに来たんだ」

私は、ちょっと考えてから、警察手帳を見せた。その方が、事情を聞けると思ったからである。

相手は、びっくりした顔で、私を見返してから、相棒に、江上を連れ出させ、そのあと、私に、

「本当に、あの男の友だちですか？」

と、語調を改めた。

「そうですよ。彼が、何をやったんですか？」

「三時間ほど前に、この近くの海岸で、若い女の水死体が見つかりましてね。小さな突堤《とってい》があって、その先あたりです。後頭部に、傷があったので、何者かに殴られて、海に突き落とされたに違いないと睨んだわけです。この女は、この旅館に、昨日泊ったアベックの女の方だとわかりました。宿帳によれば、君原健一郎の妻、圭子、二十五歳です」

「なるほどね。それで、連れの男を逮捕したわけですか？　江上を」

「本名は、江上ですか？」

「そうです。高校時代からの友人です。ただ連れというだけで、逮捕したんですか？」

「それだけでは、逮捕はしませんよ。この旅館の主人の話だと、昨夜、十時頃、君原――ではない江上は、旅館で釣具を借りて、突堤へ、夜釣りに出かけたというのです。被害者も一緒にです。ところが、朝になって、江上だけが帰って来た。そして、女は、先に帰った筈だといっていたというのですよ」

「彼が、嘘《うそ》をついていると思うんですか？」

「もちろんですよ。被害者は、プラチナのネックレスも、高級時計もしたまま、死んでいたんです。暴行された形跡もない。つまり、物盗《ものと》りの犯行でも、変質者の犯行でもないということです。とすれば、連れの男が怪しいと考えるのが、自然じゃありませんか？　しかも、彼には、アリバイがないんです」

「動機は、何ですか？」

「男と女ですから、殺す理由なんか、いくらでもあると思いますがね」

と、いって、相手は、ニヤッと笑った。

「江上は、どこへ連れて行かれるんですか？」

「出雲警察署で、取調べることになっています」

「友人として、あとで、そちらに伺《うかが》いますよ」

と、私は、いった。

二人の県警の刑事が、江上を連れ去ったあと、私は、旅館の主人から、事情を聞いてみた。

「あのお二人は、昨日の三時半頃、お着きになりました。ええ。仲のいいご夫婦のようにお見受けしましたよ。夕食のあと、しばらくして、男の方が、夜釣りをしたいから、釣具を貸して欲しいといわれましてね。それで、釣具と、懐中電灯を貸して差しあげて、突堤の先の方がいいと、お教えしたんです」

「その時は、女も一緒に出かけたんですね？」

「はい」

「そのあとは？」

「朝の五時頃に、男の方が、ひとりで帰ってみえましてね。釣具をお返しになって、部屋へあがられたんですけど、すぐ、顔色を変えて、飛び出して来られて、連れの女がいないといわれるんです。一緒に、突堤へ行ったが、夜もおそいので、女の人だけ、先に帰したとおっしゃるんですよ。それで、これは、大変なことになったと思って、若い者も呼んで、海岸を探している中《うち》に、突堤の方で、女の水死体が見つかったという知らせが入ったんです」

「なるほど。それから、警察がやって来たんですね？」

「はい。本当に、あの男の人が、連れの女性を殺したんでしょうか？」

「いや、彼に、人殺しは出来ませんよ。人を助けることは出来てもね」

と、私は、いった。

5

私は、旅館の主人に、女の水死体が見つかったという場所に案内して貰った。

漁港を囲むように、コンクリートの突堤が、長く、日本海に向って、伸びている。

幅三メートルほどの突堤を歩くと、つーんと鼻にくる磯《いそ》の香りが、私を押し包んだ。

透明度の高い海である。突堤の先は、かなりの深さだが、それでも、海の底に岩礁《がんしょう》が見え、小魚が群れているのが見えた。

右手に、小さな島が浮んでいる。旅館の主人が、あれが、ウミネコで有名な経島だと教えてくれた。無人の島である。

「この辺りでしたよ」

と、旅館の主人は、海面に顔を出している岩礁の一つを指さした。

江上が、夜釣りをしていたのも、この辺りだという。

「朝、戻って来たとき、彼は、釣れた魚を持っていましたか？」

と、私は、きいてみた。

「アジが五匹ばかり釣れたといって、びくの中に入れて帰ってみえましたよ」

「夜釣りの成果としては、普通ですか？」

「そうですねえ。いきなり来られて、なら、いい方じゃありませんか」

と、旅館の主人は、いった。

彼が帰ってしまうと、私は、突堤を、注意深く調べてみた。

女が、突堤の端で殴られ、海に投げ込まれたとすれば、昨夜、ここに、女と、犯人がいたことになる。

県警の刑事は、その犯人を、江上だと決めつけている。だが、私には、信じられない。

江上には、人は助けられても、殺せない筈だ。とすれば、別の人間がいたことになる。江上は、女を先に旅館に帰したが、彼女は、帰る途中で、犯人に出会ったのだ。そして、殴られ、この辺りから、海に投げ込まれたことになる。

問題は、その時、江上が、ここで夜釣りをしていたのなら、当然、止めに入っていなければならないということである。一つの解釈としては、その時、江上が、この突堤を離れていたということだが――

コンクリートの突堤は、だいぶ前に作られたとみえて、ところどころに、欠けたような窪《くぼ》みが出来ていた。そこに、海水が溜《たま》っていたりする。

その窪みの一つに、きらりと光るものを見て、私は、屈《かが》み込み、つまみあげた。

十八金のネクタイ止めである。プレゼントの品物ででもあるのか、裏側に、「A. Okamura」と、名前が彫《ほ》り込んであった。

それが、江上の名前でないことに、ほっとしながら、ポケットに納めた。

私は、江上のいいぶんを聞きたくなった。

旅館に戻ると、タクシーを呼んで貰い、出雲市に向った。

出雲市の警察署に着いたのは、午後六時に近かった。

私は、改めて警察手帳を見せて、江上に会わせて貰えないかと頼むと、この事件を担当している中西《なかにし》という警部のところへ連れていかれた。

四十五、六の色の浅黒い、その警部は、最初から、

「いくら、本庁の刑事でも、管轄《かんかつ》外の事件に口を出して貰いたくないがね」

と、釘《くぎ》を刺すようないい方をした。

「私は、江上の友人として、来ただけです。彼は、今度の事件について、どういっているんですか？　女を殺したと認めているんですか？」

私がきくと、中西警部は、眉《まゆ》をひそめて、

「それが、何をきいても、黙りこくっていてね。完全な黙秘だよ」

「私に会わせてくれませんか？　友だちの私になら、何があったのか、話してくれるかも知れませんから」

「君をか――」

中西は、腕を組み、じっと、考え込んでいた。

「どうでしょうか？」

「君とあの男の会話を、テープにとることを条件にして、許可してもいいが、どうかね？」

「いいでしょう」

と、私はいった。

私は、一階の調室で、江上と会った。テープレコーダーが、どこにあるのかわからなかったが、私は、別に、気にならなかった。江上が、殺人犯の筈がないと信じていたからである。

「まあ、煙草《たばこ》でも吸えよ」

と、私は、マイルドセブンを取り出して、江上にすすめた。

「申しわけない」

江上は、疲れた眼で、私を見た。

「別に、申しわけながることなんかないさ。君の手紙は見たよ。いったい、何があったんだ？　僕は、昔、君に命を助けられたから、今度は、君を助けたいんだ。だから、最初から、事情を話して欲しい。君が、彼女を殺したのかい？」

「とんでもない。愛している女を、僕が殺す筈がないじゃないか」

「君の奥さんか？」

「君には、本当のことを話すよ。東西相互の僕の上役の課長に、岡村《おかむら》という男がいてね。この男は、仕事は、ばりばりやるんだが、女にだらしがないんだ。奥さんも子供もいるくせに、他《ほか》にも、何人も女を作っていた。まだ三十七歳という男盛りの上に、うちの銀行の会長の遠縁《とおえん》に当るというので、女も、ころりと参ってしまうんだよ。彼女も、その一人だった。本名は、外村久仁子《とのむらくにこ》というんだ。うちに、大学を卒業してすぐ入って来た彼女に眼をつけると、いつものやり口で、強引に口説いた。奥さんとは、離婚話が進んでいるといったらしい。ところが、いったん関係が出来ると、まるで、自分の奴隷《どれい》みたいに扱った。いうことをきかなければ、殴る蹴《け》るの乱暴をする。暴力団とも親しくしているのを自慢するような男だから、逃げるにも逃げられないんだ」

「その外村久仁子が、君と親しくなったわけか？」

「岡村は、自分がモノにした女を、見せびらかす癖があるんだ。部下の僕を、飲みに誘ったとき、わざと、彼女を連れて来たんだよ。それから、しばらくして、突然、彼女から電話がかかってきて、会って欲しいという。会うと、自分を助けてくれといって、僕を驚かせた。その時、岡村との関係を聞かされたんだ。岡村は、何人も女がいるくせに、その中の一人でも、自分から逃げて行くのを許さない。そういう男なんだ。特に、美人の彼女はね。多分、私立探偵でも傭《やと》って、彼女を尾行させていたんだと思う。久仁子は、思いっきり殴られ、僕も、岡村に呼びつけられて、脅《おど》かされた。今後、二度と、彼女に近づいたりしたら、会社は、馘《くび》にするし、叩《たた》き殺してやるともいわれた。殴られて、四、五日は、顔の脹《は》れがひかなかったくらいだ。自分のアパートで、寝ていたところへ、久仁子が訪ねて来た。このままでは、岡村に殺されてしまうから、今すぐ、連れて逃げてくれといった」

「それで、山陰へ逃げて来たわけか？」

「昔一度、ひとりで、旅行したことがあったんでね。それで、百万円ほどあった預金を全部おろし、新婚旅行《ハネムーン》のつもりで、彼女とやって来たんだ。こそこそと逃げ廻るのは癪《しやく》だったし、今は、新婚旅行の季節だから、見つかりにくいという計算もしたわけだよ。彼女も、その方が、楽しいだろうと思ったんだ。まず、城崎《きのさき》へ行き、そこから、鳥取へ行って、砂丘を見物した。楽しかったよ。僕も、彼女も、岡村に追われていることなんか、忘れてしまっていたんだが、松江のホテルに泊っていると、無言の電話が、かかって来たんだよ。部屋にいたら電話が鳴ったんで、僕が出ると、相手は、黙って切ってしまった。彼女が出ても同じなんだ。あとで、ホテルの交換手にきくと、中年の男の声で、一二六三号室につないでくれといったという。僕は、直感的に、岡村だと思ったよ。彼女も、そう思って、ふるえあがったんだ。城崎でも、鳥取でも、松江でも、偽名を使っていたのに、とうとう見つかってしまった。捕まったら、岡村のことだから、何をされるかわからない。といって、まだ、何も起きてないんだから、警察にいったって何もしてくれないだろう。その時、ふと、君のことを思い出してね。厚かましいとは思ったんだが、君に速達を出したんだ。去年の同窓会の時、君に貰った名刺を持っていたんでね」

「受け取ったから、こうして、駈けつけて来たんだ」

「君が来てくれるかどうかわからなかったが、とにかく、ホテルで待つことにした。君が来てくれたら、事情を説明して、相談しようと思ったんだ」

「それなのに、僕の着く前日に、ここへ来てしまったね？」

「そうなんだ。昨日の朝ね。僕が起きたら、先に眼をさましていた久仁子が、真っ青な顔で、ふるえているんだ。どうしたんだときいたら、何気なく、窓の外を見たら、ホテルの前の宍道湖の湖岸の遊歩道に、中年の男が、佇《たたず》んで、じっと、こっちを見ていたというんだ。サングラスをかけていたが、間違いなく、岡村だったというんだよ。彼女は、怯《おび》えてしまって、どうしようもなくなっていた。それで、僕は、あわててタクシーを呼んで貰って、松江を逃げ出したんだ。君も、事情をわかってくれると思ったし、刑事なら、僕たちの行方を探し当てて、追って来てくれるだろうと思ったんだよ」

「じゃあ、ここへ着いてからのことを話してくれ」

6

「今度は、小さな、ひなびた町へかくれようと思って、わざと出雲を通り過ぎて、あそこの漁港へ行ったんだ」

「しかし、なぜ、夜釣りになんか行ったんだ？」

「松江のホテルで、変な電話があってから、彼女が怯えてしまって、ずっと、部屋に閉じ籠《こも》っていたんだ。それで、気分が、鬱積《うっせき》してしまってね。何とかして、発散させたかったし、夜なら大丈夫だと思ったんだよ。彼女も、海での夜釣りというのを、してみたいというもんだからね。釣具と懐中電灯を借りて、突堤へ行った。夜半になると、さすがに、海からの風が冷たくてね。それで、彼女だけ、先に旅館に帰したんだ。僕は、朝までやって帰ったら、先に帰った筈の彼女がいないんだ。あげくの果てに、こうして、彼女を殺した犯人にされちまったんだよ。誓っていうが、僕は、久仁子を殺したりはしていない。なぜ、愛している女を、僕が、殺さなければならないんだ?」

江上は、テーブルの上にのせた両の拳《こぶし》を、じっと、握りしめている。

「僕は、君を助けるために、やって来たんだ。だから、助けたい。念を押すが、今、話したことは、嘘じゃないだろうね?」

「嘘はつかないよ」

「君は、突堤で釣りをしていて、途中で、彼女を旅館に帰した。朝まで、同じ場所で釣っていたのか?」

「いや。あまり食いがよくないんでね。彼女を、途中まで送ってから、入江を廻って、突堤とは反対側の小さな岬《みさき》で、釣っていたよ。そこの方が、よく釣れたね」

「君たちを追って来たという岡村という男だが、人相なんかを教えてくれないか」

「身長は一七五センチくらいで、がっちりした身体《からだ》つきをしている。色は浅黒い方で、髪は、七、三に分けている筈だよ。眉が濃くて、テレビの刑事物に出ているSに、ちょっと似ているんだ」

「おしゃれな男のようだね?」

「プレイボーイを自任しているからね」

「貴金属を身につけているんじゃないのか?」

「金の好きな男だよ。フランスの金貨のペンダントをつけたり、金側《きんがわ》の腕時計をしたりしている」

「なるほどね。君のことや、岡村のことを、東京に問い合せるが、いいだろうね?」

「もちろん、構わないさ。ただ、彼女が傷つかないようにしてくれないか。死んでしまった彼女は、弁明できないからね」

私は、調室を出ると、出雲警察署の電話を借りて、東京の警視庁に連絡をとった。

電話口に、上司の十津川《とつがわ》警部が出た。

「至急、三人の男女について調べて貰いたいんです。東西相互銀行の貸付係の江上健一郎、課長の岡村、それに、同じ銀行の外村久仁子です」

「おい、おい、君は、山陰の松江に、休暇をとって旅行に行ってたんじゃなかったのか?」

十津川が、笑っている。

「こちらで、事件に巻き込まれてしまったんです。出雲警察署にいますので、わかったら、こちらへ知らせて下さい」

と、私は、頼んだ。

十津川警部から、回答があったのは、四時間後だった。

「岡村明《あきら》、三十七歳。これは、君のいった通り、貸付課長だ。それから、課員の江上健一郎、会計課の外村久仁子。この三人とも、妙なことに、四日前から休んでいる。銀行へ行って、理由をきいてみたが、ただ、休暇をとって、休んでいるとしかいわないんだ。この三人に、何があったんだ？」

「外村久仁子が島根半島の小さな漁村で殺されました」

「残りの男二人が、容疑者というわけかね？」

「私の友人の江上が逮捕されましたが、彼は、岡村が殺したといっているんです。岡村が、どんな男か、わかりましたか？」

「東西相互の会長の遠縁に当る人間でね。この銀行は、会長である岡村祐一郎《ゆういちろう》のワンマン銀行だから、まあ、出世コースにいるといっていいんじゃないかな。ただ、女にだらしがないんで、その点で、会長のひんしゅくを買っているとの説もある。もっとも、会長自身も、いろいろと評判の人物だし、東西相互自体も、不正融資や、行員の使い込みなんかで問題のある銀行でね」

「岡村と外村久仁子の関係はどうです？」

「岡村の女だということは間違いないらしいね。彼には、他にも、何人か、関係している女がいるようだよ」

「岡村が、暴力団と関係があるという話は、ありませんか？」

「T組の幹部と親しいということは聞いたよ。岡村自身、二十代の頃、傷害事件を、二度も起こしている。金の力で示談にしてしまったから、前科にはなっていないがね」

「江上健一郎については、どんな評判ですか？」

「この男は、大人《おとな》しい、目立たない感じだね。仕事はよくやると聞いた。独身で、決った恋人はいない。まあ、人を殺せるような人間には思えないね。ただ、岡村たちのことについて奥歯に物のはさまったような返事しか返って来ないのが気になるんだがね。管理部長なんかも、何にもないの一点張りだが、あれは、何かあるね」

「課長の岡村が、美人の女子行員に手をつけ、その女子行員が、部下と駈け落ちしたのを、怒って、追い廻したあげく、殺してしまったとなれば、銀行にとって、スキャンダルですからね」

「そんなところかな。岡村の顔写真は、そちらに電送したよ。君の友人が無実だといいがね」

7

録音テープにとられた江上の告白や、東京からの報告で、出雲署の空気も、少しずつ、変っていった。

「とにかく、この岡村という男を逮捕すれば、事実がわかると思いますね」

と、私は、いった。自分が、高校時代、江上に、生命《いのち》を助けられたことも、付け加えた。地元の刑事たちには、その話が、かなりの感銘を与えたようだった。

外村久仁子を殺したのが岡村なら、彼は、あの突堤の上にいたことになる。そして、今も、出雲市の周辺にいるだろう。

岡村の顔写真を持って、刑事たちが、飛び出して行った。

私は、ここでは、他所者《よそもの》だし、その上、非番である。警察に残って、結果を待つより仕方がなかったが、署長が、江上を、連れて来て、私の傍《そば》に置いてくれた。

「大丈夫だよ。岡村が捕まれば、君の無実が証明されるよ」

私は、青白い顔の江上に向って、力づけるようにいった。

「でも、岡村は否認すると思うね。自分が彼女を殺したとはいわないよ」

「それでも大丈夫だ。岡村が、死亡推定時刻に、現場にいたことが証明されればいいんだ。それに、君と外村久仁子は、城崎―鳥取砂丘―松江―出雲と、いわば、新婚旅行《ハネムーン》をして来たわけだろう。その間、仲良くして来たんだろう?」

「もちろんだ」

「その間、彼女と喧嘩をしたかね?」

「いや。愛し合っていたし、逃げるのに必死でもあったから、喧嘩なんかしなかった」

「それなら大丈夫だ。城崎から出雲まで、君たちが泊ったホテルや旅館の人間の証言をとるんだ。そうすれば、君と被害者が、仲良く旅行を楽しんでいたことが証明される。君には、彼女を殺す動機が、なくなるんだ」

私は、江上から、城崎、鳥取と、二人の泊った旅館とホテルを聞き、電話で問い合せてみた。

結果は、私の予想どおりだった。二人は、まるで、新婚旅行のように、仲良く見えたという返事だった。

松江のNホテルや、日御碕の旅館、それに途中のタクシーの運転手の証言は、すでに得である。いずれも、江上には有利なものだった。

しかし、岡村の方は、なかなか、見つからなかった。

逮捕の声が聞かれないままに、夜が明けてしまった。

午前七時を過ぎた頃、岡村が見つかったという知らせが入った。しかし、続いて、入って来たのは、岡村が射《う》たれ、救急車で運ばれたが、病院に着くと同時に、死亡したという報告だった。

岡村が発見されたのは、大社《たいしや》駅前だという。山陰本線の出雲市駅から、出雲大社まで、ローカル線の大社線が伸びている。距離は、わずか七・五キロである。

終点の大社駅は、出雲大社を模して造ったといわれ、そのアンティックさで人気があった。

その駅前通りを流していたパトカーの警官が、駅に入ろうとしている男が、手配の写真にそっくりなのを見て、車を止め、声をかけた。

とたんに男が逃げ出した。二人が追いかけると、振り向いた男は、いきなり、拳銃を取り出して、射って来たのである。

二人の警官は、応戦した。その一発が、男の腹部に命中。警官は、救急車を呼んで、近くの病院に運んだのだが――

「死亡してしまったのは残念だが、君の友人の無実は、証明されたよ」

と、中西警部が、私にいった。

「証明されたって、なぜですか？」

「救急車が来るまでに、パトカーの警官の一人が、倒れている岡村に、お前がやったのかと、きいたら、おれがやったと答えたといっている。もう一人の警官も、岡村の言葉を聞いているんだ」

「そうですか――」

私は、ほっとした。岡村が死んだと聞いた時には、江上の無実が証明されないままに終ってしまったのではないかと危惧《きぐ》したのだが、これなら、問題はないだろう。

岡村は、暴力団とつき合っていたというから、拳銃は、そのルートで入手したに違いない。

江上は、釈放された。

「君のおかげで助かったよ」

と、江上は、私の手を押し頂くようにしていった。

「君の人柄《ひとがら》だよ」

と、私はいった。江上が、優しく、控え目だったからこそ、私は、彼を助けるために、飛んで来たのだから。

「これから、どこへ行く？　すぐ、東京へ帰るのかい？」

私がきくと、江上は、ちょっと考えてから、

「松江、鳥取、城崎と、逆にたどって帰りたいと思っている。彼女を偲《しの》びながら、帰りたくてね」

警察署前から、タクシーに乗る江上を見送ってから、私は、署長に礼をいうために引き返した。が、階段の途中で、

「君に、東京から電話だ」

と、中西警部に呼び止められた。

電話は、十津川警部だった。私は、受話器を取ると、

「今、こちらから電話しようと思っていたところです。事件は、解決しました」

「すると、岡村が逮捕されたのか？」

「逮捕しようとしたとき、拳銃を射ちながら抵抗したので、警官が応戦し、その一発が腹に命中しまして、病院へ運ばれましたが、死亡しました。ただ、死ぬ間際《まぎわ》に、警官が、お前がやったのかと質問すると、おれがやったと、肯《うなず》いたので、江上の無実が証明され、おかげさまで、釈放されました」

「そりゃあ、まずいな」

「と、いいますと？」

「東西相互の様子がおかしいといったろう。気になったんで、上の方から、ちょっと、圧力をかけて貰ったんだ。そしたら、わかったよ。岡村は、最近、会長が自分を軽んじるのに腹を立てて、貸付課長の地位を利用して、一億円を不正に入手して、姿を消したんだ。それに手を貸したのが、岡村の下で働いていた江上だ」

「まさか――」

私は、愕然《がくぜん》とした。

「岡村の女、外村久仁子も、同時に姿を消した。君のいうように、江上が、彼女と二人で旅行していたとすれば、岡村は、まず、江上に、金を持たせて、先に逃がした。女は、岡村が、監視役に同行させたんだろう。岡村は、あとから、悠々《ゆうゆう》、行くつもりだったんだろうと思うね。ところが、江上が、一億円を独り占めにしようと、まず、監視役の女を殺し、それを、岡村の犯行に見せかけた。岡村が拳銃を持っているのを知っていて、警察が、彼を射殺すると、読んでいたのかも知れんよ」

「江上は、私を利用したということですか？」

私は、ぶぜんとした気分になった。

「そうだろうね。君は、彼を、絶対に殺人犯とは思わない。彼に助けられているからね。君のそういったところを、江上は、利用したんだ。ただ、同行の女を殺《や》ったんでは、自分が犯人と思われるに決っているし、岡村も怖い。だから、君を呼んだのさ。それから、女を殺した」

「殺しておいて、現場に、岡村の名前を彫り込んだ十八金のネクタイ止めを落としておくこともしています。多分、岡村と飲んだときにでも、盗んでおいたんだと思います」

「だから、警官が、瀕死《ひんし》の岡村に質問し、彼が、おれがやったと答えたのは、外村久仁子殺しのことではなく、銀行の金一億円を横領したことをいったんだよ」

「江上のやつ――」

私は、江上を憎むより、ころりと欺《だま》されてしまった自分が、情けなくなった。

電話を切ると、江上は、どこへ逃げたろうかと考えた。

日御碕の旅館では、一億円の入ったようなボストンバッグも、トランクも、江上は、持っていなかった。とすると、途中のどこかに預けて来たのだろう。

そういえば、江上は、松江、鳥取、城崎と、彼女の思い出をたどるといっていた。思い出云々《うんぬん》は、もちろん、嘘っ八だろう。そのどこかに、彼は、一億円入りのケースを預けて来たのだ。

「松江へ行って下さい」

と、私は、中西警部に頼み、パトカーを飛ばして貰った。

私たちが、Nホテルに着いたとき、江上が、大きなトランクを下げて、出て来るところだった。そのまま、タクシーに乗ろうとするのを、私が、前へ出て、遮《さえぎ》った。

江上は、顔色を変えて、私を見た。が、次の瞬間、ニヤッと笑った。

その顔は、私の知っている江上ではなかった。生《き》まじめで、小心で、控え目な江上は、どこかに消えてしまっていた。

私は、別人でも見るように、江上を見た。

「なぜ、君が、こんなことを――」

「相変らず甘いねえ」

と、江上は、馬鹿にしたようにいった。

「おれは、君に生命《いのち》を助けられたから――」

「そんなの、今どきはやらないな。そんな甘いことをいってるから、おれみたいな人間に利用されるのさ。いつまでも、おれが、十八歳の高校生のままでいると思っていたのかい？　小心で臆病《おくびよう》なお人好《ひとよ》しは、そのままでいるべきだと思っているのかい？」

江上は、肩をすくめ、パトカーに乗り込んだ。

私は、一緒に乗って行く気になれず、あとに残った。

パトカーが、一億円と江上を乗せて、走り去ったあと、私は、打ちのめされた気分で、宍道湖の湖岸に設けられた遊歩道を、歩き出した。

急に、高校時代の思い出が、遠く、色あせて見えてきた。

特急「富士《ふじ》」殺人事件

1

急な別れだった。

大学時代の友人で、社会人になってからも、時々会っては、一緒に酒を飲んだり、お互いの結婚式には参列して、祝辞をいったりしていた池内《いけうち》が、久しぶりに昨夜会うと、いきなり、今度、会社を辞めて、郷里の宮崎へ帰るというのである。

四十二歳で、太陽《たいよう》商事の第一営業部長にまでなった男である。折角、エリートコースにのったのに、いかにも惜しい気がするのだが、辞めて、郷里へ帰るというのには、よほどのわけがあるのだろうと思い、十津川《とつがわ》は、深くは、きかなかった。

ただ、奥さんのことが気になった。十年前に、池内は、商用で、アメリカに往《ゆ》き来する飛行機の中で知り合った日航のスチュワーデスと結婚していた。

結婚式の時に、初めて紹介されたのだが、背のすらりと高い、どこかエキゾチックな顔立ちの美人だった。あとで、四分の一くらいイギリス人の血が混っていると聞いて、納得したのである。彼女は、確か、生れたところも、育ったところも、東京だったと思い出して、

「よく、奥さんが承知したなあ」

と、いうと、池内は、急に、視線を落として、

「家内は、一ヶ月前に亡《な》くなったよ。交通事故でね」

「知らなかったよ。悪いことをきいたな」

「子供が無かったのが、せめてもだと思っている。家内に似た女の子でも残されたら、辛《つら》さが、倍になったろうからね」

池内は、そんないい方をした。

突然、会社を辞める理由のひとつは、奥さんが死んだことにあるのかも知れないと、十津川は、思ったりした。

「それで、いつ、発《た》つんだ？」

「明日の寝台特急の『富士《ふじ》』で、発つことにしている」

「そいつは、ずいぶん急だねえ。そうだ、田島《たじま》を連れて、東京駅に送りに行くよ。あいつも、中央日報《ちゅうおうにっぽう》の社会部デスクになって、張り切ってるんだ」

と、十津川は、いった。

大学時代には、十津川も、ひとかどの文学青年で、太宰治《だざいおさむ》の文章をまねて、小説などを書いたことがある。その頃、池内や、田島といった連中と、「錨《アンカー》」というガリ版刷りの

同人雑誌をやっていた。

「田島には、会いたいな」

と、池内は、懐《なつか》しそうにいった。

寝台特急「富士」は、午後六時丁度に、宮崎へ向けて出発する。その十分前に、東京駅の9番線ホームの中央口で会うことにして、別れたのである。

そして、今日、十津川は、田島と誘い合せて、東京駅に来た。

約束の時間より、五、六分早かったが、9番線には、すでに、宮崎行の「富士」が、入線し、十三両編成の青い車体を横たえていた。

「夜行列車というのは、いかにも夢があっていいねえ」

と、田島は、子供みたいに、大きな声でいってから、

「それにしても、池内の奴《やつ》、よく、太陽商事を辞める気になったねえ。奴は、重役間違いないと思ってたんだ。なぜ、辞めたのか、いってたかい？」

「いや。辛《つら》い理由があったら悪いと思ったから、聞かなかったよ」

と、十津川が答えたとき、スーツケースを下げた池内が、手をあげて近づいて来た。

「『富士』の個室寝台をとったんだ」

池内は、寝台券を、二人に見せた。

寝台特急「富士」の寝台客車は、二段式のB寝台だが、一両だけ、個室寝台車がついている。

個室寝台車は、先頭の1号車である。

十津川も、一度だけ、西鹿児島《にしかごしま》行の「はやぶさ」の個室寝台をとったことがあった。

文字通り、うなぎの寝床式の細長い部屋で、快適とはいいかねるが、ドアを閉めてしまえば、プライバシーが保てるし、何よりも有難《ありがた》いのは、寝台が解体されることがないので、何時まででも寝ていられることだった。

三人は、ホームを、先頭車の方へ歩いて行った。

一時ほどではないが、それでも、何人かの少年たちが、カメラや、テープレコーダーを持って、ホームを歩き廻《まわ》っている。

「太陽商事の連中は、見送りに来てないのか？」

ホームを歩きながら、田島が、きいた。

「今日は、君たちだけに来て貰《もら》いたかったから、『富士』に乗ることは、いってないんだ。送別会は、もう、すませてしまっているしね」

池内は、あっさりいった。が、その横顔は、一瞬、こわばったように見えた。

十津川は、ふと、池内は、自分から辞めたようにいっているが、本当は、何か理由があって、辞めざるを得なかったのではないかと思った。

「ちょっと、個室寝台の切符というやつを見せてくれ」

田島は、そういって、池内の切符をのぞいてから、ひとりで、「うん、うん」と、肯《うなず》き、1号車の中に入って行った。

1号車の個室寝台車は、片側に幅一メートル余りの、じゅうたんを敷いた通路があり、その通路に面して、十四の個室が並んでいる。

「おい。ここだ。ここだ」

田島は、学生時代からのお先走り精神で、個室のドアの一つを開けて、二人を手招きした。

その田島が、中に入りかけて、入口のところで、突然、立ちすくんでしまった。

「どうしたんだ?」

十津川が、声をかけると、田島は、黙って、眼で、個室の中を示した。

細長い個室の半分を、固定式の寝台が占領している。小さな窓と、洗面台が、真正面に見えた。機能的だが、やたらに狭い。

固定式のベッドに、もたれかかるようにして、男が倒れていた。

ねじまげられた顔、その口から、血が流れ出ている。その血は、乾き始め、変色して、どす黒くなっている。

十津川は、田島の身体《からだ》を押しのけて、中に入ると、男の手首に触れてみた。

「死んでいる」

と、十津川は、振り向いて、田島にいった。

2

十津川は、ひとりでに、刑事の眼になって、室内を見廻し、それから、池内を見た。

「これは、誰なんだ？」

「おれは、知らないよ」

池内は、青白い顔で、激しく手を振った。

「しかし、ここは、君の予約した部屋だろう？」

「とんでもない。ここは、13号室だよ。おれの切符をよく見てくれよ。おれのは、3号室で、もっと奥だ」

池内は、自分の切符を、十津川や田島の眼の前に、突き出して、見せた。

なるほど、それには、3号の数字が、印刷されていた。

「じゃあ、おれが、勘違いして、この部屋を開けちまったんだ。昔から、おれは、おっちょこちょいだからな」

田島が、自分の頭を叩《たた》いた。

「だが、そのおかげで、この死体を発見できたんだ」

十津川は、死体の傍《そば》に屈《かが》み込んだ。明らかに、何かの毒を飲んで死んだのだ。おそらく、青酸カリだろう。床に、缶《かん》ビールが転がっている。あの中に、青酸を混入したのか。それとも、青酸を呑《の》み込んでから、ビールを飲んだのか。いずれにしろ、この乗客は、毒を飲んで死んだのだ。

「おれは、どうしたらいい？　間もなく、発車の時刻だよ」

十津川と田島の背後《うしろ》から、池内が、声をかけた。

十津川は、腕時計に眼をやった。あと二分で、午後六時。この「富士」の発車する時刻だった。

「すぐ、駅長と、公安官に知らせてくれ」

十津川がいうと、田島が、「おれが行ってこよう」と、飛び出して行った。そのいい方は、もう、事件を追う新聞記者だった。

池内の方は、呆然《ぼうぜん》として、見守っている。

助役と、鉄道公安官が、駈《か》けつけて来た。

十津川は、警察手帳を示して、死体を発見したいきさつを、簡単に説明した。

「発車を、遅らせて頂《いただ》けませんか?」

「多少は仕方がありませんが、この列車には、三百名以上の乗客が乗っているのです。急ぎの用を持っている方もいると思われますし、一八時一五分には、同じ寝台特急の『出雲《いずも》1号』が発車します。また、一八時二五分には、同じ9番線ホームから、『あさかぜ1号』が発車することになっています。この『あさかぜ1号』は、一八時九分に、この9番線に入線します。この列車を遅らせると、ダイヤ全体が、混乱することになってしまうのですよ」

助役は、当惑した顔でいった。

「じゃあ、五分だけ、遅らせて下さい。その間に、死体を運び出します」

「五分間なら」

と、助役は、妥協《だきよう》してくれた。

死体と、13号室の中にあったスーツケース、缶ビールの缶などは、取りあえず、東京駅の鉄道公安室に運んで貰うことにしてから、

「この13号室には、誰も入れないようにしておいて貰いたいのですが」

「車掌長に、伝えておきましょう」

と、助役は、いった。

それだけの処置をすませてから、十津川は、改めて、池内に、

「宮崎に着いたら、電話をくれよ」

「ああ。君も、田島も、そのうちに、遊びに来てくれ」

池内は、まだ、いくらか青い顔でいった。

「大変な出発になっちまったな」

田島が、同情するようにいうと、池内は、無理に作った感じの笑顔で、

「こんな別れの方が、よく覚えていて、いいかも知れないさ」

「富士」は、丁度、五分遅れて、東京駅の9番線から発車した。通路に出て、窓ガラス越しに手を振る池内の顔も、たちまち見えなくなり、赤いテールライトも、夕暮れの中に消えて行った。

「都落ちか――」

田島は、ぼそっといった。が、すぐ、新聞記者の顔に戻《もど》って、

「殺人《ころし》と思うかい？　それとも、自殺かな？」

と、十津川の顔を、のぞき込んだ。

3

列車内の暴力事件や、すり、かっぱらいまでは、鉄道公安官が、解決に当るが、殺人事件となると、警察の仕事である。

十津川は、警視庁に連絡し、部下の亀井《かめい》刑事たちと、鑑識を呼んだ。

公安室は、彼等《かれら》で一杯になった。

「今日は、お友だちを送りに来られたんじゃなかったんですか？」

亀井が、笑いながら、十津川を見た。

「それが、この有様《ありさま》でね。そうだ。君は、鑑識を連れて、『富士』を追いかけてくれないか。新幹線を使えば、途中で追いつくだろう。個室寝台の13号室が、現場だから、写真や、指紋の検出なんかをやって来て貰いたいんだ」

「わかりました。確か、『富士』は、横浜《よこはま》、熱海《あたみ》、沼津《ぬまづ》と停《と》まる筈《はず》ですから、途中で追いつけると思います」

亀井が、鑑識課員と一緒に、公安室を出て行ったあと、十津川は、死者の所持品を調べた。

今日は、八月二十四日、まだ暑い盛りである。それなのに、きちんとネクタイをしめ、背広を着ているところを見ると、サラリーマンらしい。年齢は三十五、六歳だろうか。

上衣《うわぎ》の内ポケットには、六万円ばかり入った上等の革財布が入っていた。

胸ポケットにあったのは、名刺入れで、これに、身分証明書も入っている。

浜井《はまい》証券　営業課長　長谷川《はせがわ》　淳《あつし》

身分証明書にも、十五枚入っていた名刺にも、その文字が、書き込んであった。年齢は、三十五歳である。

外側のポケットからは、「富士」の個室寝台の切符も出て来た。もちろん、13号室の切符である。行先は別府《べっぷ》だった。

次に、白いスーツケースを開けてみた。

多分、着がえや、洗面道具が入っているのだろうと思った。真新しい下着も入ってはいたが、十津川を驚かせたのは、スーツケースの三分の一ほどを占領していた札束だった。

一束百万円の札束が、合計、十束あった。一千万円である。

「一千万円持って、別府へ遊びに出かけるところだったんですかねえ」

若い西本《にしもと》刑事が、羨《うらや》ましげに、溜息《ためいき》をついた。

「証券マンだから、株で儲《もう》けでもしたんだろう」

十津川は、改めて、死体を見つめた。時間がたち、青酸死特有の桃色の斑点《はんてん》が出て来ていた。甘いアーモンドの匂《にお》いもする。

写真が撮《と》られたあと、死体は、解剖のために運ばれて行った。

指紋の検出を終った缶ビールの缶には、まだ少しビールが残っていて、これも、科研に持ち込まれることになった。

十津川たちも、一千万円入りのスーツケースと、死んだ長谷川淳の所持品を包んだハンカチを持って、公安室を出た。

「警部は、殺人《ころし》と思われますか？」

と、西本がきいた。

「一千万円という大金を持って、自殺する人間がいるかね？」

4

その夜、おそく、亀井が、鑑識課員と帰って来た。

あれから、亀井たちは、一八時一六分東京発の「こだま293号」に乗って、「富士」を追いかけた。

新横浜では追いつけないが、熱海で追いつけた。

「富士」の熱海着が、一九時二九分。「こだま293号」は、一九時〇九分に着くからである。

熱海で、「富士」に乗り込んだあと、鑑識課員は、13号室の室内の写真を撮り、亀井はその間に、個室寝台の1号車についている乗務員室で、専務車掌から聞き込みをやった。

「専務車掌は、仏さんのことを覚えていました」

と、亀井は、いった。

「寝台特急『富士』は、東京駅の9番線に、一七時四一分、五時四十一分に入線します。発車の十九分前です。専務車掌は、五時五十分に、1号車の通路を歩いていて、13号室の寝台に、被害者が腰を下して、缶ビールを飲もうとしているのを見ています。その時、13号室のドアは、開いていたそうですが、専務車掌がのぞいたので、相手は、ドアを閉めてしまったといっています」

「五時五十分までは、生きていたということか」

丁度、その時刻に、十津川は、田島と一緒に、同じホームの中央口あたりで、故郷へ帰る池内と会ったのである。三人で、先頭の1号車の方へ歩いて行き、お先棒かつぎの田島が、13と3を間違えて、13号室のドアを開けてしまい、死んでいる長谷川淳を見つけたのだ。その間、せいぜい、五、六分のものだろう。ということは、被害者は、五時五十分から、五時五十五、六分の間に、死んだことになる。

亀井たちは、「富士」で、浜松《はままつ》まで行き、そこから、引き返して来たのである。「富士」の浜松着が、二一時二七分。ここでおりて、二一時三六分浜松発の「こだま298号」に乗れば、二三時三七分に、東京に着ける。

「新幹線は早いなと、改めて、感心しましたよ」

と、亀井がいった。

ブルートレインの「富士」や、「さくら」は、特急と名前がついていても、平均速度は、せいぜい七十キロぐらいである。新幹線の場合は、「ひかり」が百六十キロ、「こだま」でも、百三十キロは出るのだから、その差は、歴然としている。

翌日になってから、被害者の解剖報告が届けられた。

死因は、やはり、青酸中毒死で、他《ほか》に外傷はない。また、13号室の床に転がっていた缶ビールの缶には、ビールが少し残っていたが、それから青酸反応が出たという。これも、予想どおりである。缶から検出された指紋は、被害者のものだけだった。

十津川は、浜井証券に電話を入れた。

長谷川淳という営業課長は、実在しており、あわてて駈けつけて来た上司の前島《まえじま》という営業部長が、死体を確認した。

「間違いなく、長谷川君です」

と、前島は、肩を落とした。

「昨日の『富士』に乗って、別府へ行くことは、ご存知でしたか？」

十津川がきくと、前島は、当惑したように、眼をしばたたいた。

「ぜんぜん知りませんでした。休暇願も出ていませんから。ただ、別府は、長谷川君の郷里だということは、聞いています」

「長谷川さんは、どんな人だったのですか？」

「優秀な社員でした。これは、ひいき目ではなく、実力のある社員でしたね」

「やり手の営業マンだったということですね」

「ええ。まあ」

「月給はいくらでした？」

「三十万くらいですが、ボーナスは、多かったから、年収は、五百万くらいにはなっていたと思いますね」

「家族は？」

「二年前に離婚して、現在は独身でした。私が再婚をすすめたことがあるんですが、気ままな独り暮しがいいといって、断わられましたよ」

「これを見て下さい」

十津川は、スーツケースを机の上に置いて、ふたをあけた。

「一千万円入っています」

「これを、長谷川君が？」

前島は、呆然として、札束を見ている。

「夏のボーナスですかね？」

「とんでもない。うちは、成績で、ボーナスの額が違いますが、それでも、一千万円なんて、とんでもありません」

「じゃあ、どうして、このスーツケースに、一千万円の大金が入っているんですかね？それに、腕時計も、百万円以上はするパテックだし、背広は英国製、靴《くつ》はイタリア製です。浜井証券の営業課長ともなると、このくらいのぜいたくは出来るわけですか？」

「いや、そんなことは――私なんか、ごらんの通り、国産の、それも安い時計しかしておりません」

前島は、腕にはめたデジタル時計を、十津川に見せた。

「では長谷川さんの家が、大変な資産家というわけですか？」

十津川は、食いさがった。

「確か、長谷川君の両親は、別府で、小さな酒店をやっている筈です。資産家というのは聞いたことがありませんね」

「じゃあ、なぜです？」

「さあ——」

前島は、肩をすくめ、視線をそらせた。

「部長さん。かくさずに、何もかも話してくれませんか」

「何もかくしたりはしていませんよ」

前島は、あわてて、否定した。それが、かえって、逆のことを示しているようで、十津川は、内心、苦笑しながら、

「長谷川さんが、パテックの腕時計をはめたり、一千万円入りのスーツケースを持っていたのには、二つの理由が考えられると思うのですよ。一つは、宝クジを当てたか、株で儲けたかということ」

「宝クジなんて話は聞いたことがありませんし、お客の株の売買が仕事なので、自分の株

を売り買いしないようにと、常に指導しているつもりです。証券会社の私が、こんなことをいってはおかしいかも知れませんが、最近は、一千万円も、簡単に儲かるような、うまい株なんかありませんよ」

「そうなると、不正の匂いがして来ますね」

十津川は、じっと、相手を見つめていった。前島は、顔を赧《あか》くして、

「と、いいますと？」

「前に、こんな事件があったじゃありませんか。あるグループがあって、安い時に、一つの会社の株を大量に買っておく。次に、さまざまな情報を流して、吊《つ》りあげ、それを、買うように、人々にすすめる。絶対にあがる株だといってですよ。そうした操作をしておいてから、そのグループの人間は、最高値のところで、手持ちの株を売り払ってしまう。もちろん、とたんに、株は下り、損をするのは、踊らされて、その株を高値で買った大衆だということになる」

「長谷川君が、そんなことをやっていたとは、信じられませんが――」

「大手の証券会社の営業課長がすすめる株なら、素人《しろうと》は、儲かると信じて買うんじゃありませんか。長谷川さんは、その役目だったかも知れない。一千万円は、その報酬というわけです。パテックの腕時計も」

「どうも、そんな風に決めつけられると、困るんですが――」

「私は、一千万円の証明が欲しいんですよ。それが、殺人の動機だと思いますからね」

「長谷川君は、毒を飲んで自殺したんじゃないんですか？」

「毒を飲んでも、自殺とは限りませんよ」

と、十津川は、いった。

5

たまには、丸一日、事件らしい事件が起きないこともあるが、殺人事件が、次から次へと、押し寄せる時もある。

今度が、その悪い例みたいなものだった。

午後一時近くなって、十津川は、捜査一課長の本多《ほんだ》に呼ばれた。

「悪いんだが、銀座の東日《とうにち》ホテルへ行ってくれないか。泊り客が殺されたんだ」

と、本多は、いった。

「東京駅の事件を抱えているのは、わかるが、他の連中も、同様なんでね」

「やってみましょう」

と、十津川は、いった。これまでにも、二つの事件を、同時に解決したこともある。

本多は、ほっとしたように、微笑して、

「そういってくれると助かるよ。それに、君が今、抱えている事件に、或《あ》いは、関係があるかも知れんのだ。こちらの被害者は、名刺を何枚も持っていたが、その中に、浜井証券営業課長、長谷川淳の名刺もあったといってきている。長谷川淳というのは、君が扱っている仏さんだろう？」

「そうです」

十津川は、肯いた。が、証券会社の営業課長なら、毎日、何人という人間に会って、名刺を渡している。ただ、名刺を持っていたというだけでは、関係があるかどうかは断定できないと思った。

「それで、その被害者は、どんな人間なんですか？」

「名刺は、矢木明宏《やぎあきひろ》。年齢四十九歳。太陽商事の営業担当の若手重役だそうだ」

「太陽商事ですか」

「どうしたんだ？　君の知っている人間かね？」

「いや、知りません。とにかく、東日ホテルへ行って来ます」

十津川は、それだけいって、課長室を出た。

多分、これは、偶然の一致だろう。同じ太陽商事といっても、昨日、故郷へ帰った池内と関係があるとは思えない。第一、今頃、彼は、「富士」の個室寝台に寝転んでいる筈だ。終点宮崎着は、午後三時五十分だからである。

十津川は、亀井を連れて、銀座、というより日本橋《にほんばし》近くにある東日ホテルに急行した。初動捜査に当る機動捜査隊と、鑑識が、すでに到着していた。

東日ホテルの十階の一〇七六号室で、ダブルベッドに、ガウン姿の男が、俯伏《うつぶ》せに横たわっていた。

部屋には、机や、キャビネットが置かれ、その中には、書類が入っている。

「どうやら、被害者は、この部屋を、長期間借りていたようだね？」

十津川が、機動捜査隊の青木《あおき》という刑事にきくと、

「ホテルの話では、一年間通して、借りていたようです。家が鎌倉《かまくら》で遠いので、ここに寝泊りした方が便利だといっていたようです」

「豪勢なもんだな」

と、亀井が、ぼそっと呟《つぶ》やいた。

ダブルルームだから、一日一万五千円はするだろう。

「仕事に便利なだけなら、新宿西口の新宿プラザホテルの部屋を借り切った方がいいんじ

やないかな。太陽商事の本社は、確か、新宿西口の超高層ビルの中にあった筈だ」

十津川がいうと、青木刑事は、ニヤッと笑って、

「このホテルのボーイの話では、銀座の高級クラブのホステスなんかが、時々、この部屋から出て来るのを見たといっています。被害者は、その方にも、このダブルルームを活用していたようです」

「なるほどね」

と、十津川も、肯いた。

原因は、後頭部の打撲傷のようだった。髪のうすくなった後頭部は、えぐられたように陥没し、血がこびりついていた。

「凶器は、そこにある灰皿《はいざら》だと思うね」

と、鑑識の鈴木《すずき》技官が、十津川にいった。

テーブルの上に、南部鉄《なんぶてつ》のどっしりした灰皿がのっていた。

「持っていいかい？」

「構わんよ。指紋は検出できなかった。ドアのノブと同様、犯人が、きれいに拭《ふ》き取っていったんだよ」

鈴木は、肩をすくめて見せた。

十津川が、灰皿を持ってみると、ずっしりと重い。これなら、立派な凶器になるだろう。

「これは、ホテルの灰皿じゃないね」

「被害者が、持ち込んでいたものらしい。まあ、潔癖といおうか――」

「わがままといおうかか」

「まあ、そんなところだな」

問題の名刺は、机の引出しに入っていた。

五、六十枚の名刺の中に、確かに、浜井証券営業課長、長谷川淳の名刺もあった。その他、被害者の交際範囲の広さを示すように、官庁の幹部クラスから、政治家の名刺もあるし、銀座の一流クラブのママや、ホステスの名刺も混っている。

被害者、矢木明宏が死んでいるのを、最初に発見したのは、部屋の掃除を担当している女性だった。

小柄《こがら》で、いかにも働き者という感じのその女性の証言によると、矢木は、いつも、「掃除しておいて下さい」の札をドアにかけて、外出する。それで、昼の間に、部屋を掃除しておくのだが、今日は、昼を過ぎても、その札が出ていなかった。どうしたのだろうかと思い、マスター・キーでドアを開けて中に入ってみると、ベッドの上で死んでいる矢木を発見したのだという。

死体が、解剖のために運び出されたのをしおに、十津川は、亀井を残して、いったん、警視庁に戻った。

三時五十分を少し過ぎて、池内から電話がかかった。

「今、やっと、宮崎に着いたよ。駅から電話してるんだ。忙しいのに、わざわざ、東京駅まで送りに来てくれて、有難う」

と、池内がいった。

「そんなことはいいさ」

「田島にも、よろしく伝えておいてくれ」

「ちょっと話していいか？」

「それが、駅の電話でね。小銭が少ししかないんだ。キヨスクで、百円玉を作って来て、もう一度、かけようか？」

「じゃあ、一つだけ答えてくれ。太陽商事の矢木重役を知っているね？」

「ああ、おれの上司だった人だからよく知っているよ。彼が、どうかしたのか？」

「銀座のホテルで殺された。君は、この事件に、関係はないだろうね？」

「冗談じゃない！」

「それならいいんだ。ごめん、ごめん」

十津川が、謝ったとき、電話が切れた。

6

矢木明宏の死亡推定時刻が、昨夜の九時から十時の間だとわかった以外は、十津川が抱えた二つの事件とも、これといった進展もないままに、夜になった。

亀井が、矢木の行きつけの銀座のクラブに聞き込みに出かけたあとで、田島から、十津川に、電話があった。

「東日ホテルの事件も、君が担当したんだってな」

と、田島は、いきなりいった。

「ああ、こう事件が続発すると、かけ持ちをしなきゃならなくてね。それに、二つの事件には、関連があるかも知れないんだ」

「本当かい？　どんな関連性があるんだ？」

「いや、それは、まだ、はっきりしてないんだ。それより、何の用だい？」

「君に会って、ぜひ、話したいことがあってね。池内に関係したことなんだ」

と、田島が、いった。

十津川は、彼も、自分と同じ心配を感じたのだなと思い、有楽町《ゆうらくちょう》駅近くの喫茶店で会うことにした。

八時過ぎに、田島に会った。

酒でなく、コーヒーを飲みながら話し合うのは、久しぶりだった。

「東日ホテルで殺された男だがね。池内の上司だったんだ」

と、田島がいった。

「それは、知ってるよ」

「一ヶ月前、おれは、池内と飲んだんだ。奴《やっこ》さんの方から誘いの電話がかかって来てね。珍しく、奴さんが酔っ払っちまって、その時、何といったと思う？　矢木の奴、殺してやる！　と怒鳴ったんだよ」

「本当か？」

「こんなことで、嘘《うそ》をついたって始まらんだろう。今度、おれは、それを思い出して、池内のことが、心配になったんだ。まさかとは思うんだが――」

「彼に人殺しは出来ないよ」

「もちろん、そうさ。ただね、もう一つ、気になることがあるんだ。池内の奥さんのことだ」

「一ヶ月前に、交通事故で死んだと聞いたがね」

「池内は、君に、そういったのか？」

「ああ。違うのか？」

「本当は、自殺したんだよ」

「自殺？」

「どこで手に入れたか、青酸カリを飲んで死んだんだ。エリートサラリーマンの妻の自殺ということで、記事にするというのを、おれが、おさえたんだ」

「知らなかったな」

「一ヶ月前に、奥さんが自殺し、その直後に、池内は、酔って、上司の矢木を殺してやりたいと叫んだ。そして、彼は、突然、会社を辞めて、故郷の宮崎へ帰った。その上、矢木が殺された。どうしても、気になってね」

「だが、池内は犯人じゃないさ。矢木明宏が殺されたのは、昨夜の九時から十時までの間だ。その頃、池内は、ブルートレイン『富士』の個室寝台で寝ていたよ。午後六時東京駅発の『富士』に、彼が乗ったことは、おれたちが、確認しているからね」

「しかし、池内が、ちゃんと、宮崎に着いたかどうかは、わからんのだろう？」

「いや、今日の午後四時少し前に、宮崎駅から、電話があったよ。今、宮崎に着いたとね。もちろん、本当に、宮崎駅からかどうか、調べなきゃわからないがね」

7

池内は、事件に関係ないと思いながらも、田島の話で、何か重いものを背負ってしまった感じで、十津川が、警視庁に帰ってくると、亀井も、戻っていた。

亀井は、興奮した表情で、

「二つの事件は、関連がありそうですよ」

と、十津川にいった。

「矢木明宏が、長谷川淳の名刺を持っていたからかい？」

「それだけじゃありません。矢木が、よく通っていた銀座の『シャルム』というクラブで話を聞いたんですが、矢木は、長谷川淳を連れて、よく飲みに来ていたというんです」

「ほう」

「もう一つ、妙な話も聞きました。同じ店に来る常連に、新橋《しんばし》で大きな天ぷら屋をやっている男がいるんですが、彼が、長谷川に、ある会社の株をすすめられたんだそうです。絶対に、儲かるからといってです。それだけなら買わなかったかも知れないが、丁度、一緒にいた矢木まで、自分も、この会社のことを詳しく調べたが、含み資産も大きいし、近く増資の話もある。絶対にあがるとみて、十万株買ったといったそうです。天下の太陽商事の若手重役が、太鼓判を押したので、天ぷら屋の主人も、買ってみた。そうすると、確かに、あがっていく。それで、十万、二十万株と、買い足していった。途中で、かなり儲かっているので、売ろうとすると、長谷川も矢木も、まだまだあがるといって、むしろ、買い足すことをすすめた。ところが、ある時、突然、大量の株が売られてしまい、とたんに、株価は、がたがたになってしまった。高値の時に買った天ぷら屋の主人は、結局、何億円という損をして、店を売る破目《はめ》になったというんです。その主人が、矢木に文句をいったが、矢木は、自分も莫大《ばくだい》な損をしたといったそうです」

「なるほどね」

「ところが、その後も、矢木は、長谷川を連れて飲み歩いていたそうですから、どうも、矢木が損をしたというのは、怪しいと思いますね」

「他にも、被害者はいるのかね？」

「何人かいるそうです」

「そうか――」

「何か、ご心配ですか？」

「カメさんに頼みたいことがある」

「何でしょうか？」

「私は、出かけてくるので、その間に調べておいて貰いたいんだ。昨日の午後六時に、東京駅を出発した『富士』の乗客のことでね。名前は、池内晋平《しんぺい》。四十二歳。『富士』の個室寝台3号室の乗客だ。果して、終着の宮崎まで乗って行ったかどうか、調べて貰いたいんだよ」

「わかりました」

と、亀井はいい、池内と十津川の関係は、ひと言もきかなかった。

それが、十津川には、嬉《うれ》しかった。

しかし、十津川にも、やらなければならない仕事があった。

彼は、池内の妻の雅子《まさこ》の実家に、呼ばれて行ったことがある。港《みなと》区白金台《しろかねだい》にある大きな邸《やしき》だったのを覚えている。

その時、雅子の両親が、いかにも池内を信頼している様子は、ほほえましかったのだが――。

夜の十時近かったが、十津川は、その邸を訪ねてみた。

しかし、驚いたことに、うっそうと庭木が茂っていた邸は消えていて、そこに、十階建のマンションが建設中だった。

十津川は、施工主の大木《おおき》不動産を訪ねてみた。

時間が時間なので、社員はあらかた帰ってしまっていたが、用地課長が、残業していて、会うことが出来た。

「あの土地は、確かに、藤沢《ふじさわ》さんという方から買ったものですよ。ええ。前に、あそこに住んでいらっしゃった方です。事情は知りませんが、早く処分したいとおっしゃっていたのは、覚えています」

「今、どこに住んでいるか、わかりませんか?」

「さあ」

「しかし、何かあった時には、連絡しなければならんでしょう?」

「その時は、藤沢さんの弟さんが、目黒《めぐろ》駅の近くで、本屋さんをやっているので、そこに連絡することになっています。藤沢書店という店ですよ」

8

その本屋も、もろちん、もう店を閉めていた。

十津川は、来意を告げたあと、しばらく待たされた。

十分近くも、外で待たされてから、ようやく、中へ通された。主人の藤沢秀介《しゆうすけ》は、五十二、三歳のおだやかな感じの男だった。

「あまりお話ししたくないことなので、お会いしたものかどうか、迷ってしまいまして」

と、藤沢は、まず、十津川を待たせたことを詫《わ》びた。

「どうしても、雅子さんの自殺した理由を、お聞きしなければならなくなりまして」

十津川は、声を落としていった。藤沢は、相変らず、おだやかな表情を崩さずに、

「あの頃、池内さんが、お金がいることがありましてね。兄は、可愛《かわい》い娘の旦那《だんな》さんのためと思い、かなり無理して、用立てたようです」

「株を買うために必要だったお金じゃありませんか？」

「私は、詳しいことは知らないのですが、何でも、池内さんの上役の人や、株の専門家が推薦してくれる株だから、絶対に安心だという話だったんですが、それが、結果的には、

大損になりました。兄夫婦は、あの邸を売らなければならないことになりましてね。あの邸は、藤沢家が、代々、住んできたもので、手放すのは、ずいぶん、辛かったと思います。雅子も、それを知っていましたからね。責任を感じて、自分の命を縮《ちぢ》めてしまったのかも知れません」

藤沢は、むしろ、淡々と喋《しやべ》った。それだけに、一層、辛かったろうと、十津川には、思えて仕方なかった。ゼスチュア一杯に、怒りをぶちまける時、そのことによって、少しは気がまぎれるものだが、藤沢は、そんな誤魔化《ごまか》しを、拒否しているような感じだった。

「池内君は、昨日、故郷の宮崎へ帰りましたが、あいさつに来ましたか?」

「ええ。昨日の二時頃でしたか。故郷《くに》へ帰ることにしましたといわれましたよ。彼も、大変でしたね。会社も辞めてしまったわけですから」

「池内君は、上司や、証券会社の人間に欺《だま》されたわけです。その結果、奥さんの雅子さんを自殺させてしまった。その仇《かたき》をとってやるといったことは、あなたにいっていませんでしたか?」

十津川は、むき出しにきいてみた。

藤沢は、眼をしばたたき、「聞いていません」と、いった。

十津川のこの質問は、まずかったかも知れない。自分の悲しみや怒りを、じっと抑《おさ》えてしまえる相手である。池内が、たとえ、上司の矢木明宏や、浜井証券の長谷川淳を、殺してやるといっていたとしても、藤沢は、知らないというだろう。

9

十津川は、次第に、重い気持になってくるのを感じていた。

矢木明宏と、長谷川淳を殺したのは、池内ではないのかという疑惑が、十津川の胸の中で、どんどん、深いものになっていくからである。

池内は、腕力も強くないし、行動派でもない。学生時代の彼はそうだったたし、サラリーマンになってからも、そうだったろう。ただ、池内は、優しい心の持主だった。自分が傷つくのは我慢できても、親しい人が傷つくのは耐えられない男だった。だから、愛する妻の自殺は、池内には、耐えられなかったろう。

自分のために、ひとは殺せないが、愛する妻のためなら、ひとを殺すことが出来る。池内は、そんな男だと思う。

(池内が、犯人ではないのか)

と、考えながら戻った十津川を、亀井は、ニコニコ笑いながら、迎えた。

「池内という人のことを調べてみましたが、ちゃんと、『富士』に乗って、宮崎まで行っています。ですから、東日ホテルの殺人には、関係ないと思いますね」

「本当かい？」

十津川は、急に、眼の前が明るくなったような気がした。

「問題の『富士』の車掌長と、電話で話すことが出来ましてね。車掌長は、池内さんのことをよく覚えていました」

「よく覚えていた？」

「そうです。車掌長は、個室寝台のある1号車の乗務員室にいたわけですが、まず、横浜までの間に、検札をすませたそうです。その時、間違いなく、池内さんは、3号室にいたといっています」

「検札は、その時だけかね？」

「そうです。夜行列車ですから、夜中に検札出来ませんよ。列車が、九州に入ってから、池内さんが、乗務員室に来て、頭痛がするので、何か薬はありませんかときいたそうです。それで、車掌長は、池内さんのことを、よく覚えているんです。小倉《こくら》を出てすぐだったから、九時四十分頃だったといっています。それで、アスピリンがあったので、池内さんに渡した。終点の宮崎に着いた時には、池内さんが、車掌長に、お世話になりましたと、礼をいって、降りて行ったそうです。小倉を過ぎて、頭が痛いといって来た時は、本当に、蒼《あお》い顔で、辛そうに見えたので、心配だったともいっています。だから『富士』に乗って、宮崎へ行かれたことは、間違いありませんよ」

「――」

「どうされたんですか？　『富士』で、宮崎へ行ったとわかると、まずいことでもあるんですか？」

「いや、宮崎へ行って貰っていいんだが――」

十津川は、当惑した表情でいった。

池内に対して、消えてくれそうだった疑惑が、また、再燃してしまったからである。

車掌長の証言で、宮崎で降りたとわかったのはいい。だが、わざわざ、乗務員室を訪ねて、頭痛がするからといって、薬を貰うというのが、池内らしくないのだ。池内は、頭痛がしても、じっと我慢する方である。頭が痛いから、どうにかしてくれと、頼むのが、照れ臭くて、嫌《きら》いなのだ。

それに、アスピリンを貰ったというのもおかしい。彼は、一度、アスピリンを飲んで、アレルギー反応を起こし、皮膚に、発疹《はっしん》が出来たことがあって、それ以来、アスピリンは飲まないことにしている筈なのだ。

どう見ても、池内らしくない行動をとったのは、アリバイ作りではないのだろうか。ちゃんと、「富士」に乗っていることを証明するために、わざわざ、九州に入ってから、車掌長に頭痛を訴えたり、アスピリンを貰ったりしたのではないか？

「警部は、池内という人が、銀座の東日ホテルの犯人だと、疑われているわけですか？」

と、亀井がきいた。

「彼は、私の大学時代からの友人でね」

「そんな感じは、持っていましたが――」

「東日ホテルで殺された矢木明宏、それに、東京駅に停車中の『富士』の個室寝台で毒殺された長谷川淳に対して、池内は、殺すだけの動機を持っているんだ」

「しかし、池内さんは、『富士』に乗って、宮崎へ行かれたんです。犯人とは思えませんが――」

「そういってくれるのは嬉しいが、池内の行動は、いかにも不自然なんだ。それに、私は警察の人間だ。彼が犯人なら、それを暴《あば》いて、逮捕しなければならないんだよ」

「しかし、警部。『富士』に乗っていた人が、東京で、殺人をやれますか？」

「それを調べたいんだ」

もし、不可能ということになれば、池内に対する疑いは、晴れてくる。

「まず、長谷川淳の方から考えてみよう」

と、十津川は、いった。

「池内は、『富士』の個室寝台を二つ予約したんだと思う。3号室と、13号室だ。どちらにも、3がついているのは、偶然ではなかったと思う。池内は、私に、六時十分前に、9番線ホームの中央口で会いたいといい、私は、友人の田島と、その時刻に、ホームにあがって行った。しかし、『富士』は、その十分前の五時四十一分に入線している。それに、先頭の1号車に乗るのなら、中央口ではなく、もっと前方の南口の方が近いんだ。池内は、長谷川には、五時四十分に、南口で会いたいといっていたんだと思う。そこで、出会うと、個室寝台の13号室へ連れて行った。そのあと、急に、友人に会わなければならないので、ちょっと待っていてくれ、その間に、ビールでも飲んでいたらと、缶ビールを渡す。その中には、青酸が入っていた。そうしておいてから、池内は、何気ない顔で、私と田島のところにやって来たんだ」

「その間に、長谷川は、青酸入りのビールを飲んで死んだわけですか？」

「そうだ」

「じゃあ、一千万円の入ったスーツケースは？」

「もちろん、池内が用意したものだろう。長谷川は、池内に対して、後ろめたさがあったが、『富士』に乗るといっているし、スーツケースもあるので、ほっとして、缶ビールを飲んだと思うね」

「しかし、どうして、一千万円も、スーツケースに入れたんでしょう。死体が見つかれば、死んだ長谷川のスーツケースと思われて、一千万円は、失くしてしまいますよ」

「一千万円は、太陽商事を辞めた退職金だと思う。池内はね、ただ、長谷川を殺すだけでは、あきたらなかったんだ。彼のやった悪らつな仕業《しわざ》を、明るみに出したかったんだと思う。証券会社の営業課長が、一千万円の入ったスーツケースを持って、ブルートレインの個室で死んでいれば、誰だって、不審を抱くからね。マスコミも調査する。池内は、それを狙《ねら》ったんだ」

「しかし、一千万円ですよ」

「池内は、最愛の妻を失っているんだ。一千万円の大金を失うことぐらい、平気だったと思うね」

と、十津川は、いった。

長谷川の死体は、多分池内が行き先を手でかくして示した切符で、田島が13号室のドアを開けてしまったので、「富士」が動く前に、発見された。

池内は、それを狙っていたのかもしれない。死体発見のあと池内は、自分の部屋は3号だと別の切符を示し、13号室の切符は死体のポケットにまぎれこませた。

10

「次は、矢木明宏の方だ」

と、十津川はいった。辛い作業は、早くすませたい。

「池内さんが犯人だとすれば、『富士』を途中でおりて、東京へ引き返して来たことになりますね」

亀井が、考えながらいう。

「そうだ。新幹線を使えば出来るよ。君も、新幹線を使って、『富士』を追いかけたじゃないか。君は、『こだま』を使って、熱海で『富士』に追いつき、乗り込んだ。逆に池内は、熱海でおりて、『こだま』で、東京に引き返したのかも知れない」

十津川は、時刻表を調べてみた。

「富士」が、熱海に着くのは、一九時二九分である。

これなら、熱海発一九時五八分の「こだま282号」に、ゆっくり乗ることが出来る。

「こだま282号」の東京着は、二〇時五二分（八時五十二分）である。

矢木明宏が、銀座の東日ホテルで殺されたのは、解剖の結果、夜の九時から十時までの間と見られている。東京駅からタクシーを飛ばせば、現場の東日ホテルまで往復三十分で行ける。

十分に、殺せるのだ。

「問題は、そのあと、どうやって、『富士』に追いついて、乗り込めるかですね」

亀井が、時刻表を見ながらいった。

「池内は、小倉を出てすぐ、車掌長に話しかけ、アスピリンを貰っている。彼が犯人なら、それまでに、『富士』に戻ったことになる」

「『富士』が、小倉に着くのは、翌日の九時三八分です」

「つまり、九時三八分までに、小倉へ着ければいいわけだ」

「まず、考えられるのは、飛行機を使うことですね。東京と小倉の間に、航空便はありませんから、福岡へ飛び、博多《はかた》からは、新幹線で、小倉へ戻ることになります」

亀井は、時刻表から、次のように、書き抜いた。

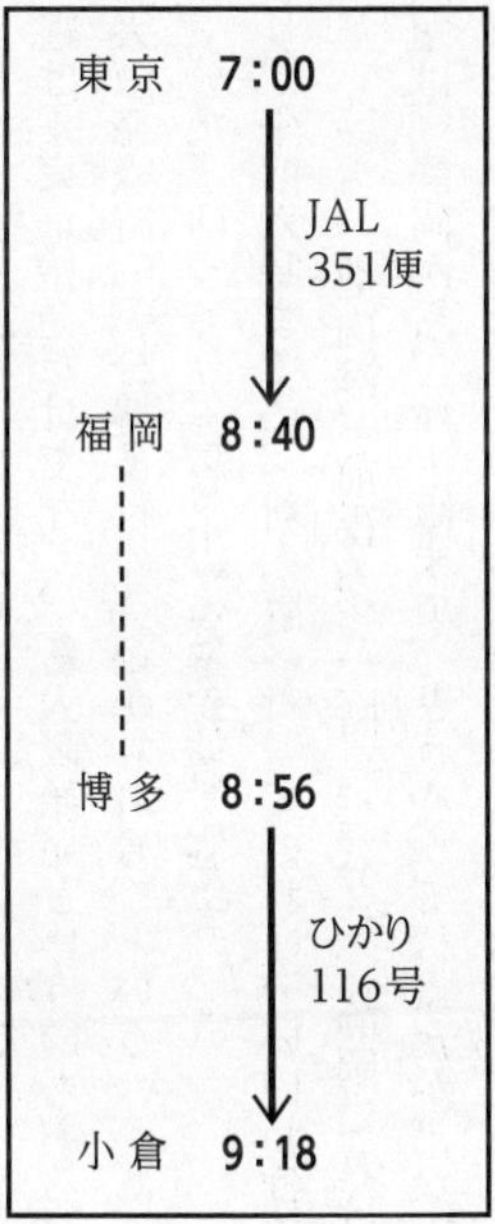

「これで、間に合いますが、問題は、福岡空港から、国鉄博多駅まで、十六分で行けるかどうかということですね？」

「それは無理だな」

と、十津川が、いった。

「私は、福岡空港から飛行機に乗ったことがあるが、博多駅から空港まで、車で、二十分はかかるよ」

「では、飛行機は、使えないことになりますね。夜は、飛行機は、飛んでいませんから」

「とすると、やはり、新幹線だな」

「しかし、警部。新幹線の始発は、東京六時〇〇分で、この『ひかり21号』に乗っても、小倉着は、一二時二〇分で、とうてい間に合いませんよ」

「前夜の新幹線はどうだ？　夜の九時三十分に、銀座の東日ホテルで、矢木を殺したあと、東京駅へ行って、新幹線に乗れないか？」

「最後の『こだま３１３号』に乗れますね。しかし、これは、静岡止まりです。二二時〇〇分東京発で、静岡着二三時二三分です。これでは、どうにもなりませんよ」

「いや、そうでもないさ」

と、十津川は、いった。

彼は、時刻表のページをくっていたが、

「新幹線は、東京始発だけでなく、新大阪《しんおおさか》始発というのもあるじゃないか。ここを見たまえ。新大阪発六時〇〇分博多行の『ひかり51号』というのがある。この列車の小倉着は、九時二三分だ。ゆっくり、『富士』に乗れるんだ」

「つまり、午前六時までに、新大阪へ行っていれば、いいわけですね」

「そうだ。一方、池内は、前夜の二三時二三分に、静岡に着けることもはっきりしている。問題は、静岡から、新大阪まで、どうやって行ったかだな」

「二三時二三分から、翌朝の六時までというと、六時間半ありますね」

「道路地図を持って来てくれ」

と、十津川は、いった。

静岡からは、静岡インターチェンジで、東名《とうめい》高速道路に入ることが出来る。東名高速から、名神高速を走り抜けて、吹田《すいた》インターチェンジに出れば、新大阪駅まで、すぐである。

静岡から、吹田までの距離は、三百五十二・八キロだった。深夜の高速道路なら、時速百キロでも飛ばせるだろうが、七十キロで走らせても、五時間で行けるのだ。

静岡駅から、静岡インターチェンジまでと、吹田インターチェンジから、新大阪駅までの時間を、両方で一時間とみても、合計、六時間である。

五時半には、新大阪駅に着けるのだ。

六時〇〇分発の「ひかり51号」に乗れれば、小倉で、「富士」に乗り込むことが可能なのだ。

「池内に、アリバイはないんだよ」

十津川は、自分にいい聞かせる調子でいった。

いつもの事件なら、犯人のアリバイを崩せたという喜びがあるのだが、今度は、逆に、悲しみがあった。

「どうされますか?」

と、亀井が、きいた。

「そうだな――」

「静岡から、車で、新大阪へ行ったとしても、タクシーを拾ったのなら、運転手の証言が得られますが、前もって、車をとめておいて、その車で走ったとすれば、証明は出来ませんよ」

「私が、まず、ひとりで、彼に会ってくる」

と、十津川はいった。

出来れば、池内自身の口から、二人を殺したことを、告白し、自首して貰いたかった。

十津川は、翌日の全日空便で、宮崎へ飛んだ。

池内には、宮崎市内の喫茶店で会った。

東京で別れてから、二日しかたっていないのに、池内は、急に、年齢《とし》をとってしまったように見えた。

池内は、黙っている。

十津川は、用意して来た包みを、テーブルの上に置いた。

デパートで買って来たものだった。

「何だい？　これは」

と、池内がきいた。

「実は、おれと田島で、君への贈り物を買ってあったんだ。東京駅へ持って行ったのに、あの騒ぎで、渡すのを忘れてしまってね」

「――」

「あの日、『富士』の個室寝台車の13号室を、鑑識が調べたいというので、おれは、一緒に、新幹線の『こだま』で追いかけた。これを、君に渡したくもあったからね。新幹線は早いね。熱海で、『富士』に追いついたよ。『富士』に乗り込んでから、おれは、君を捜したんだ。ところが、君はいなかった。おれは、浜松でおりるまで、君を捜したよ。個室寝台はもちろん、他の車両もね。だが、君はいなかった。それで、今日、こうして、このプレゼントを持って来たんだ」

十津川は、じっと、池内を見つめた。

重苦しい沈黙が続いた。

そのあとで、池内が、やっと、口を開いた。

「実は、君に告白しなければならないことがある。おれは、人を殺した――」

展望車殺人事件

1

警視庁捜査一課の亀井《かめい》刑事が、何となく、そわそわしている。

明日、亀井は、非番である。

「カメさんでも、休みの前日は、そわそわするものかね」

十津川《とつがわ》が、からかい気味に、声をかけると、亀井は、煙草《たばこ》をくわえかけていたのをやめて、

「明日、息子と約束していることがありましてね。今まで、野球を見に連れてってやるとか、海へ連れてくとかいっても、その時になると、行けなくなって、おやじとしての信用が、ゼロでしてね。信用を取り返すためにも、明日は、どうしても、連れて行って、やりたいんですよ」

「そういえば、学校は、もう春休みだったねえ」

十津川は、カレンダーを見た。

子供のない十津川には、改めて考えないと、学校の休みの季節が、ぴんと来ないところがある。

「小学校最後の休みなんですよ」

「どこへ行かれるんですか？」

若い西本《にしもと》刑事が、きいた。

「息子の健一《けんいち》が、鉄道マニアでね。私鉄の大井川《おおいがわ》鉄道で、昔の通りの展望車を、SLが引っ張って走らせているから、それに乗りたいと、前からいってたんだ。その切符が買えたんで、明日、乗せてやるのさ」

「展望車というのは、どんな車両なんですか？」

若くて、別に鉄道マニアでもない西本は、亀井にきいた。

「昔、特急のつばめや、富士の最後尾に連結されていてね。じゅうたんを床に敷きつめ、ゆったりしたソファに座るようになっているんだ。一番の特長は、展望デッキがついていることかな。ベランダみたいなものだと思えばいい。政治家なんかは、駅に送りに来た群衆に向って、そこに立って、手を振ったものさ」

「そこは、手すりになっているわけでしょう？」

「ああ、そうだ」

「身体《からだ》を乗り出したら、線路に落っこちるんじゃありませんか？」

「しっかり手すりに摑《つか》まってれば大丈夫だろうが、スピードをあげての走行中は、車内に入っていたみたいだね」

「大井川鉄道の展望車のことは、私も、週刊誌か何かで見たよ」

十津川も、思い出しながら、いった。

「息子が貰《もら》って来たパンフレットによると、天井《てんじょう》には、シャンデリアが輝き、肘《ひじ》かけのついたソファは、百八十度回転するとありましたね」

「そういえば、『豪華絢爛《けんらん》動く応接室』と、週刊誌に書いてあったのを、思い出したよ」

と、十津川が、いった。

「息子が、とても楽しみにしていますので、明日は、雨が降らないでくれればいいと思っているんです。それに、突発的な事件が起きないでくれればと」

亀井は、ベテラン刑事の顔ではなく、小学六年生の息子の父親の顔になっていた。

「明日は、晴れますよ」

と、西本刑事が、窓から、空を見上げていった。

2

翌日は、快晴とまではいかなかったが、雨の気配もなく、それに、昨夜から今朝にかけて、捜査一課が乗り出すような事件は、起きていなかった。

息子の健一は、朝から、はしゃいでいる。

展望車と、SLが見られるのも嬉《うれ》しいのだろうし、久しぶりに、父親と一緒に出かけられるのが、楽しいのだろう。

鉄道に関心のない妻の公子《きみこ》と、娘のマユミは、今日は、留守番である。

朝食をすませ、弁当を持って、亀井は、息子と、家を出た。

息子と並んで歩くのは、半年ぶりだろうか。何となく照れくさい。亀井は、自分と健一は、さほど似ていないと思っているのだが、近所の人たちは、そっくりだという。

そんな気持で、息子を見ると、ちょっとした仕草が、似ていて、どきりとする。

(こいつも、大きくなったら、警官になるんだろうか?)

亀井は、健一の肩のあたりに眼をやって、そんなことを考える。男にしては、なで肩である。そんなところも、亀井にそっくりなのだ。

まだ、改まって、大きくなったら、何になりたいと、きいたことはない。警官になりたいといったら、どんな気がするだろうか。嬉しいだろうか、それとも、心配になるだろうか。

東京駅から、新幹線のこだまに乗った。

学校が春休みに入ったせいか、子供連れの姿が目立つが、それでも、車内がすいているのは、今日が、ウィークデイのためだろう。

こだまを、静岡でおりて、東海道本線に乗りかえる。

静岡から、用宗《もちむね》、焼津《やいづ》、藤枝《ふじえだ》、島田《しまだ》と来て、大井川の鉄橋を渡る。

次の駅が、金谷《かなや》である。

大井川鉄道は、この金谷から、大井川の渓谷《けいこく》を上流に向って、縫うように千頭《せんず》まで走っている。

亀井は、健一を促《うなが》して、金谷でおりた。

大井川鉄道は、国鉄金谷駅と同じホームに続いている。

一番端の1番線には、すでに、千頭行のＳＬ列車が入っていた。

Ｃ11形と呼ばれる蒸気機関車が牽引《けんいん》する五両編成の列車である。

普通客車が三両、四両目は、青い帯の入ったお座敷列車、そして、最後尾には、白い帯の入ったお目当ての展望車が、連結されている。

ブルーに塗られた展望デッキに、大きな円《まる》いテールマークが取りつけてあった。

昔の特急列車は、それに、つばめとか、富士《ふじ》といった栄光の列車名が書いてあったのだが、この大井川鉄道の場合は、「かわね路《じ》」と書かれ、この辺りが、静岡茶の大きな産地なので、茶つみ娘の絵が描かれている。

大井川鉄道で、千頭まで行くと、それから先、井川湖《いかわこ》のところまで、井川線が走っている。

井川線は、渓谷美をうたわれる接岨峡《せっそきょう》など、観光客に喜ばれる場所を走る。駅名は、川根《かわね》両国《りょうごく》、川根小山《こやま》、或いは川根市代《いちしろ》と、川根のつくものが多い。

今、１番線に入っているＳＬ急行の「かわね路」号という名前は、多分、それから、取ったのだろう。

「あ、いる！　いる！」

と、健一は、眼を輝かせて、走って行った。

狭いホームには、乗客が集っている。

展望デッキをバックに、写真を撮っている家族連れもあれば、展望車の車内をのぞき込んで何かいっているアベックもいる。

展望車もだが、牽引する蒸気機関車にも興味のある亀井は、ホームの先端の方へ歩いて行った。

亀井は、展望車には、今まで、乗ったことはなかったが、ＳＬには、思い出があった。

彼が、高校を出て、青森から上京した頃、東北本線は、まだ、ＳＬが走っていた。

もうもうと、煙を吐きながら、雪まじりの天気の中を、上野《うえの》まで彼を運んでくれた蒸気機関車の姿は、今でも、はっきりと覚えている。

先頭の蒸気機関車では、十二分後の発車に備えて、もう罐焚《かまた》きが始まっている。運転席に近づくと、むっと暑い。罐の傍《そば》は、五、六十度になっているだろう。五十歳ぐらいの運転士と、三十歳ぐらいの助手が、黙々と、罐を焚いている。

この機関車は、C11形といわれる小型のもので、国鉄が、昭和七年から昭和二十一年までに製造した、いわば老雄である。

小型の割りに、力が強く、動輪も大きいので、五、六両の客車を引っ張って、八十キロぐらいの速力で走ることが出来る。

亀井が、感心したのは、国鉄から払い下げられた、この老雄のC11形が、赤錆《あかさ》び一つなく、美しく磨《みが》かれていることだった。

牽引されている客車が、面白《おもしろ》い。三両の客車は、国鉄から買った普通の客車だが、四両目のお座敷列車は、国鉄のものではなく、西武《せいぶ》鉄道から購入したものだという。

お目当ての展望車は、昔の国鉄の展望車に似せて作られているが、国鉄から購入したものではない。西武鉄道のサハ一五〇一形を改造したもので、そのため、完全な新型式の車両ということが出来る。この展望車の名称は「スイテ82」という。

もちろん、こんなことを、亀井が知っている筈《はず》はなくて、全《すべ》て、小学六年生の息子が、どこからか仕入れて来た知識である。

亀井が、ホームを戻って来ると、もう乗客たちは、客車に乗り込んでいた。

健一も、いつの間にか、展望車のデッキに立って、

「早く乗ってよ。パパ」

と、いっている。

亀井も、開いているドアから、最後尾の展望車に乗り込んだ。

展望車の定員は、三十名である。

つまり、展望車には、三十の椅子《いす》しかないということだった。

車掌が、亀井に、

「スリッパに履《は》きかえて下さい」

と、いった。

青いじゅうたんを敷きつめた展望車の中は、確かに、靴《くつ》で歩き廻《まわ》るにはふさわしくないかも知れない。

「これは、どうも」

と、いって、亀井は、スリッパに履きかえた。

ドアのところから、展望デッキのところまで、青いじゅうたんが、敷きつめてある。何かの表彰式の時、お立ち台のところまで、じゅうたんを敷きつめることがよくあるが、あれに似ていた。

ドアに一番近いところに、四人用の特別室がある。そこに向い合って置かれた四つのソファには、家族連れらしい四人連れが、テーブルの上に、お弁当や飲みものを並べている。

考えてみれば、もう、午前十一時を過ぎているのだ。

長く伸びた青いじゅうたんの両側には、ソファが並んでいる。

二人掛け用のソファが、片側に四つずつで、十六人座れる。

その先には、回転式のアームチェアが、五つずつ両側に並んでいる。

真っ赤なアームチェアである。腰を下して、ぐるぐる回している乗客もいる。

もっと乗客に子供が多いかと思ったが、意外に少なくて、亀井の息子と、特別室に、両親と一緒にいる小学生らしい子供二人、それにあと一人、やたらと、カメラをぱちぱちやっている高校生らしい男の子だけである。

団体客らしい十二、三人がいる。

その他《ほか》に、二十二、三歳の若い女性たち。すごくきれいな女だと思ったら、その二人を、ビデオで撮《と》っている男たちがいる。どうやら、テレビの取材らしかった。ビデオカメラに、NNCと、テレビ局の名前が書いてあった。

（困ったな）

と、亀井は、軽く、舌打ちをした。

彼は、カメラに映されるのが嫌《きら》いである。特に、子供と一緒に、のんびりと遊んでいるところを、テレビに映されるのは、かなわない。

（まあ、なるたけ、あのカメラに入らないように動いていよう）

と、亀井は、思った。

もう一年近く前になるだろうか。千葉にいる親戚《しんせき》が、非番の時は、遊びに来いと、やかましくいう。あまり行きたくない相手だったし、その日は、健一に、巨人阪神戦を見せてやると約束してあったので、事件に追われていることを理由に千葉には行けないと断わったのだが、健一と並んで、後楽園の内野席で試合を見ているところを、テレビに、はっきりと、映し出されてしまったのである。以来、その親戚とは、絶縁状態が続いていた。

「パパ。おいでよ！」

と、呼ばれて、亀井は、ビデオカメラの中に入らないように注意しながら、青いじゅうたんの上を歩いて行き、展望デッキに出た。

急に、視界が開けたような気がするのは、壁や、窓がないからだろう。

屋根が張り出したベランダにいる感じだった。

健一の他に、若いアベックが、腕を組み合って、ホームを見ている。

手すりの高さは、一メートル少々ぐらいだろうか。よほどのことがない限り、落ちる心配は、なさそうである。

「写真撮ってよ」

と、健一が、亀井にいった。

3

午前十一時十五分に、五両編成のSL急行「かわね路」号は、三十九・五キロ先の千頭に向って出発した。

出発するとすぐ、眼の前に、大きな茶畑が広がる。

右手は、大井川である。

列車は、大井川を、上流に向って、遡《さかのぼ》る感じで進む。

時速は、三十キロから四十キロといったところだろうか。

どの車両も、窓が開くので、顔を出して、外の景色を眺《なが》めている乗客が多い。

若いカップルは、すぐ室内に入ってしまったが、亀井と健一は、しばらく展望デッキにいた。

蒸気機関車の吐き出す煙が心配だったが、上空に、流れ去ってしまって、身体《からだ》に、かかって来なかった。

しかし、トンネルに入ると、そうはいかない。

この線には、トンネルが多い。金谷と千頭の間は、十四のトンネルがある。短いトンネルの場合は、さして、影響がないが、長いトンネルに入ると、トンネルの上部に当った煤《ばい》煙《えん》が、展望デッキに飛び込んで来て、亀井と健一は、あわてて、室内に避難した。

二人掛けのソファに並んで腰を下し、弁当を食べることにした。

他の乗客も、展望デッキが珍しいと見えて、入れ替り、立ち替り、デッキに出て行って、写真を撮っていたが、SL急行の最初の停車駅家山《いえやま》を過ぎる頃になると、あきて来たのか、それとも、トンネルの中での煤煙にこりたのか、展望デッキに出なくなった。

左手に、川根街道が見え、丁度、街道沿いに植えられた桜が、満開だった。

「ちょっと、すみません」

と、食事をしていた亀井は、急に、隣りのソファに腰を下している二十五、六歳の男に声をかけられた。

カメラを持ち、ブルゾン姿の青年だった。

「え？」

と、亀井が顔を向けると、

「さっきから、気になって、仕方がないんですよ」

青年は、声をひそめていった。

「何がですか？」

「あの展望デッキにいる女の人です」

青年にいわれて、亀井は、展望デッキの方を見た。

展望デッキとの間には、ドアがあるが、上半分が、ガラスになっているので、亀井のいるところからでも、展望デッキに立っている女の後姿が、よく見えた。

黒っぽい服を着て、黒い、大きな帽子をかぶっている女だった。

そんなスタイルが目立つので、亀井も、覚えていた。

「さっきから、ずっと、あそこに立っているんですよ」

「展望デッキが好きなんでしょう」

「そうかも知れないけど、金谷のホームで、美しい人だと思って、写真を撮ったら、あわ

て て、顔をそむけましたからね」

青年は、心配そうにいった。

亀井は、少しばかり、うるさくなって、

「そんなに心配なら、あなたが、こちらへ連れて来たらどうですか」

と、いった。

青年は、妙に素直に、肯《うなず》くと、展望デッキの方へ歩いて行った。

（あの女に、一目ぼれしてるんじゃないのか）

と、亀井は、思いながら、視線をやると、青年は、ドアを開けて、展望デッキに出て、女と何か喋《しゃべ》っている。

青年は、すぐ、戻って来た。亀井に向って、肩をすくめると、

「怒られましたよ。私は、展望デッキが好きなんだから、って」

「そうでしょう。好きにさせてあげなさい」

と、亀井は、笑った。

「あッ。鉄橋だ！」

健一が叫び、列車は、轟音《ごうおん》を立てて、大井川にかかる鉄橋を渡り始めた。

長さは、二百七十六メートルしかない鉄橋だが、ＳＬに引かれて渡ると、新幹線などに

はない趣《おもむ》きがある。

終点の千頭に着くまで、列車は、四度、大井川にかかる鉄橋を渡る。それだけ、大井川が、蛇行《だこう》しているということである。

大井川第一橋梁《きょうりょう》を渡ると、当然のことながら、今まで、右手にあった大井川が、左手に移る。

山は、いよいよ深くなり、短いトンネルが続く。線路の勾配《こうばい》も、急になる。

笹間渡《ささまど》、地名《じな》、塩郷《しおごう》といった、珍しい名前の小さな駅が続くが、SL急行は、停《と》まらない。

「あれ!」

と、急に、さっきの青年が、声をあげた。

「何です?」

「あの女性が、消えてしまいましたよ」

「消えた?」

亀井は、展望デッキの方に眼をやった。

なるほど、さっきまで、じっと、展望デッキに立っていた黒い帽子の女の姿が見えない。

「煙が大変なんで、室内に入ったんじゃないのかな」

「いや、こっちにいませんよ」

青年は、心配そうにいい、ソファから、立ち上った。

その時、回転チェアのところで、ビデオカメラを回していた連中が、

「次は、展望デッキで撮るぞ」

というリーダーの声で、モデルの娘二人を先頭にして、ぞろぞろ、展望デッキに出て行った。

狭いデッキは、たちまち、彼等《かれら》で一杯になってしまった。心配して見に行こうとした青年は、入れなくなってしまった。

「ちょっと、デッキに出してくれませんか」

と、青年が、甲高《かんだか》い声でいっている。

亀井も、心配になって、立ち上ると、じゅうたんの上を、展望デッキの方へ、歩いて行った。

小柄《こがら》な青年の肩越しに、

「そこに、黒い帽子をかぶった女の人はいませんか?」

と、声をかけた。

「いませんよ。ここには」

男の声が、はね返ってきた。が、すぐ、

「ここに、ハンドバッグが落ちてるわ！」

と、モデルの一人が、叫ぶようにいって、黒革のハンドバッグを、持ち上げて見せた。

シャネルのハンドバッグで、黒い革に、金のくさりが、鮮やかなコントラストを見せていた。

「あの女の人のハンドバッグですよ」

と、青年が、大きな声でいった。

「みんな、展望デッキから出て下さい」

亀井は、刑事の口調になっていった。

「何をいうんです？　これから、ここで、テレビの番組を撮るんですよ。現代によみがえる展望車ということで、次の日曜日に放送するんだ」

「少しだけでいいから、出て下さい。それから、誰か、車掌を呼んで来て下さい」

亀井は、命令するようにいい、強引に、全員を、展望デッキから追い出した。

シャネルのハンドバッグは、落ちていたところに、そのまま、置いて貰った。

車掌が飛んで来た。

「間もなく、下泉《しもいずみ》の駅ですが――」

と、車掌がいう。

「乗客が一人、いなくなってしまったんです。黒い、ツバの広い帽子をかぶった女性の乗客です」

「ああ、その方なら覚えていますが、いなくなったというのは、どういうことなんですか？」

「展望デッキにいて、姿を消してしまったんですよ」

「しかし、この手すりは、一メートル十センチの高さがあるんです。ちょっとや、そっとじゃ、落ちるなんてことはありませんよ」

「落ちたんじゃなくて、飛びおりたんじゃないかと思うんです」

と、青年がいった。

「とんでもない！　この列車は、新幹線に比べたら遅いかも知れないが、それでも、四十キロは出ていますからね。飛びおりたりしたら、死ぬか、死ななくても大怪我《おおけが》をしますよ」

車掌は、顔を赧《あか》くしていってから、

「下泉です。失礼します」

と、出口の方へ、駈《か》けていった。

「どうしたら、いいでしょうか？」

青年が、蒼《あお》い顔で、亀井を見た。

4

亀井にも、どうしていいかわからなかった。

警察官といっても、今日は非番だし、ここは、静岡県警の管轄《かんかつ》である。

下泉を出てから、車掌が、亀井のところに来て、

「終点の千頭駅に連絡しておきましたよ。駅から、警察へ連絡する筈です。本当に、女性客が、展望デッキから、飛びおりたんですか？」

と、いった。

「飛びおりたかどうか、見ていたわけじゃありませんが、女性が一人、展望デッキにいて、急に、姿を消してしまい、このハンドバッグが、残っていたことは、確かですよ」

亀井は、シャネルのハンドバッグを、車掌に渡した。

そうしている間にも、列車は、走り続けている。

田野口《たのくち》を通過し、駿河徳山《するがとくやま》に停まり、次の青部《あおべ》を過ぎると、大井川第二橋梁、大井川第三橋梁、大井川第四橋梁と、いずれも、二百メートル足らずの鉄橋を、忙しく渡って、終点の千頭駅に着いた。

十二時五十二分である。

ホームにおりると、広い構内に、B6形、C12形、或《ある》いは、コッペル1275といった、かつて活躍した蒸気機関車が、ずらりと並べてある。

SL以外にも、旧型の国電や、名鉄《めいてつ》、西武、小田急《おだきゆう》などでかつて使われていた客車が、ここに保存されていて、ちょっとした交通博物館の感じである。

千頭の駅前の派出所から、制服の警官が二人、駅に入って来た。

しかし、二人の警官も、展望車の乗客から事情を聞き、消えてしまった女以外の二十九名の住所と名前をメモしただけである。

死体が転がっていれば、乗客の足止めも出来るのだろうが、乗客が一人、消えてしまっただけでは、警官にも、どうしようもないのだろう。

この千頭は、南アルプスの表玄関であり、同時に、奥大井へ行く井川線の起点でもある。

ここからは、また、金嬉老《きんきろう》事件で有名になった寸又峡《すまたきよう》温泉へ行くバスも出ている。

亀井親子は、ここから、井川線に乗って、終点の井川まで行くことにしていた。

井川線は、大井川鉄道と同じ経営である。

この鉄道は、もともとは、中部電力が、大井川の上流に、井川ダムを建設するため、資材運搬用に敷設《ふせつ》したものである。

その後、井川線として、客を運ぶようになった。全長二十五・五キロと短いが、急勾配と、六十五ものトンネルをくぐらなければならないので、一時間半の時間がかかる。

同じホームで待っていると、ディーゼル機関車に引かれた三両連結の列車が入って来た。

「わあ、可愛《かわい》い」

と、亀井の横で、モデルの女の子が、声をあげた。

まるで、遊園地を走る電車のように、小さく、可愛らしい客車だった。

真っ赤な車体の横腹に、白い線が入っているので、一層、お伽《と》ぎ電車のように見える。

天井は、頭がつっかえそうに低い。

定員は三十人くらいだろうか。低い網棚《あみだな》に頭をぶつけて、悲鳴をあげている青年がいる。それでも、みんな楽しそうなのは、珍しい森林鉄道に乗れたからだろう。

ディーゼル機関車も赤く塗られているので、四両の赤いマッチ箱みたいな列車が、ごとごとと走り出した。

とにかく、トンネルが多いうえに、鉄橋も多くて、四十五もある。それだけ、山が深く、V字型の渓谷の上を走っているということである。

大井川は、急流になって、右に左に蛇行している。うっそうと生い茂る杉木立ちの山肌《やまはだ》が、窓の傍まで迫ってくる。

トンネルを抜けるたびに、周囲の景色が変る感じだった。

空気も、次第に澄んで来て、気温も低くなってくる。

小さな、ホームもないような無人駅が、いくつも続く。

やがて、井川線で、もっとも景色がいいといわれる接岨峡にかかった。

ここから、井川ダムのあたりまで、大井川は、深い峡谷を作りながら蛇行している。

その峡谷にかかる鉄橋を、列車が、十五キロで、のろのろとわたる。

私鉄で、日本一高いといわれる関《せき》の沢《さわ》鉄橋である。高さは、百メートル。

窓から下を見ると、亀井は、別に高所恐怖症ではないが、それでも、背筋が寒くなってくる高さである。百メートル下の谷底から吹きあげてくる風が、冷たく顔に当る。

この鉄橋を、ゆっくりと、わたっていくのだから、高所恐怖症の人なら、顔が蒼くなるだろう。

一時間半かかって、終点の井川駅に着いた。

〈標高六八六メートル。南アルプス表登山口〉

と、書いた札が見えた。

東京からここまで、約六時間である。

今朝は、大都会の雑踏《ざっとう》の中にいたのに、今は、自然の真《ま》っ只中《ただなか》にいる。

亀井は、「かわね路」号の展望車から消えてしまった女のことを忘れて、大きく、息を吸い込んだ。

東京では、曇り空だったが、井川に着くと、幸運にも、晴れ間から陽射《ひざ》しがもれて、井川ダムによって生れた人造湖、井川湖に行った時は、青い湖面に、南アルプスの山々が映って、美しく、一緒に来た人たちが、嘆声をあげていた。

井川からは、静岡行のバスも出ている。静岡まで、二時間四十五分で、富士山と南アルプスの眺めが素晴らしい富士見峠《ふじみ》を越えて行くというので、帰りは、バスにすることにした。

だが、そのバスが、富士見峠に来たときには、亀井は、朝からの疲れが出て、眠ってしまった。

5

翌朝、眼がさめると、妻の公子に、新聞を持って来させて、布団《ふとん》の中で、広げてみた。

やはり、昨日の大井川鉄道のことが、気になったからである。

展望デッキから消えてしまった女のことは、どうなったのだろうかと思い、社会面の隅《すみ》から隅まで眼を通してみたが、どこにも、出ていなかった。

社会面に出ていたのは、千代田《ちよだ》区麹町《こうじまち》の高級マンションの十階で、五十歳になる宝石商が殺された事件のことだった。

独身で、プレイボーイと評判の宝石商、板倉俊介《いたくらしゆんすけ》が、ベッドの上で、惨殺《ざんさつ》されているのが、発見され、警察が、捜査中だと書いてあった。

麹町といえば、警視庁の裏手に当る場所である。

「出かけるぞ」

亀井は、妻の公子にいって、立ち上った。

出勤すると、大半の刑事は、麹町のマンションで起きた事件のために、外に出ていて、十津川だけが、亀井を迎えてくれた。

「昨日は、どうだったね？　珍しい汽車に乗れて、息子さんは、喜んだんじゃないの？」

「それはいいんですが、宝石商が殺された事件があったそうですね」

亀井が、いうと、十津川は、笑って、

「そう、きりきりしなさんな。あの事件は、西本君たちで、うまく解決するさ。カメさんは、子供孝行して疲れているだろうから、少し、休んでいたまえ」

「そうはいきませんよ。板倉というと、銀座に、大きな店を出している宝石商じゃありませんか？」

「そうだよ。年商二百億といわれている会社だ。板倉のワンマン会社で、やり方が、えげつないというので、敵も多かったらしい。容疑者がゼロというのも困るが、今度のように、容疑者が、やたらに多いのも、困りものでね」

「女関係も、派手だったようですね」

「今の世の中、金があれば、いくらでも、女は出来るという証明みたいな生活をしていたらしい。その代り、本当に、愛情で結ばれた女というのは、少なかったらしいがね」

「みんな、聞き込みですか？」

「ああ、板倉についての聞き込みをやっている。動機が、いろいろ考えられるんでね。同業者からも恨《うら》まれていたし、株式会社イタクラの従業員からも恨まれていたそうなんだ。

それと、女性関係がある。被害者に恨みを持っている人間を洗い出したら、立ちどころに、二、三十人は名前が出てくるんじゃないかというんだ」

「同業者が恨んでいるというのは、何となくわかりますが、従業員は、なぜ、板倉を恨んでいるんですか？」

「まず、人使いが荒いということがあったらしい。十五、六人の従業員がいるんだが、これだけの売りあげがあったら、ボーナスをいくら出すといって、釣《つ》っておいて、実際に、目標を突破しても、ボーナスを払わなかったりしたようなんだ。文句をいうと、すぐ、馘《くび》にする。従業員が、対抗して、組合を作ろうとしたら、暴力団に頼んで、リーダーを襲わせて、半死半生の目にあわせたという。この時、江口《えぐち》班が調べたんだが、板倉が、指示したという証拠がつかめなかったということだ」

「板倉が死ぬと、彼の資産は、誰のものになるわけですか？　個人資産も、大変なものでしょう？」

「正確にはわからないが、百億円ぐらいだろうといわれている」

「それは、誰のものになるんですか？」

「板倉は、過去に二回結婚している。一回目の結婚は、彼が二十一歳の時で、子供が生れたが、妻君は病死した。二回目は、三年前だが、やたらに、物を買ってくれというのが気に入らなくて、追い出してしまい、以後、独身を通している」

「その子供は、現在、どうしているわけですか？」

「名前は、板倉涼子《りようこ》、二十四歳だ」

「女ですか」

「そうだ。売れないデザイナーで、四谷《よつや》のマンションに住んでいる。いや、住んでいたといった方がいいかな」

「どうしたんですか？」

「目下行方不明なんだよ」

「自分から、姿をかくしたわけですか？」

「その可能性もあるんだ。というのは、最近、彼女が、父親の板倉と、よく口論していたという噂《うわさ》があってね。彼女は、父親に金を出して貰って、ブティックを、新宿か、渋谷《しぶや》あたりに出したがっていたが、ケチな板倉は、ぜんぜん、相手にしなかったらしい。それで、口論が絶えなかったんだな」

「板倉が死ねば、財産は、全て、その涼子という娘のものになるわけですね？」

「一番動機があるといえば、彼女になるかも知れないね。死亡推定時刻は、一昨日《おととい》の三月二十八日の午後十時から十一時の間ということなんだが、板倉涼子は、その頃から、行方がわからなくなっているんだ。麴町のマンションにやって来て、また、店を出してくれと、父親に頼んでいて、口論になり、カッとして、殺してしまい、逃亡しているということも考えられるんだよ」

「銀座の店の方は、どうなっているんですか？」

「昨日は、丁度、銀座の店が休みだったので、従業員を、見つけ出すのが、大変だった。今日は、何も知らずに、店へ出て来て、びっくりしている従業員もいるみたいだね。一応、株式会社なので、店は、開いているようだよ」

「私は、銀座の店へ行って、何か手掛りになるようなものを、捜して来ましょうか？」

亀井がいうと、十津川は、手で制して、

「カメさん。ゆっくりしたまえ。君にも、もちろん、手伝って貰うが、みんなが帰って来てからでいいじゃないか。その報告を検討してから、君にやって貰うことを決めるよ」

と、いった時、彼の机の電話が鳴った。

十津川は、受話器を取って、聞いていたが、

「カメさん。君にだ」

「私にですか？」

「静岡県警からだよ。昨日、大井川鉄道に乗っていて、何か事件でもあったのかね？」

「事件かどうか、わからないんですが――」

亀井は、あいまいにいって、受話器を受け取った。

「静岡県警捜査一課の羽田《はねだ》といいますが」

と、相手はいってから、

「昨日のSL急行『かわね路』号から、女性の乗客が消えた件で、お電話したんです」

「展望車の展望デッキから、消えた件ですね？」

亀井が、念を押すようないい方をしたのは、相手が、捜査一課といったからである。何か、殺人事件にでも発展したのだろうか？

「そうです。その女性のことです。実は、今日の午前八時頃、大井川の上流で、若い女性の死体が発見されました。場所は、大井川鉄道の大井川第一橋梁の百メートルほど下流でして、全身に打撲傷があり、死因は溺死《できし》ですが、一応、他殺の疑いもあるので、調査しているわけです」

「それが、『かわね路』号から消えた女性と、関係があるわけですか？」

「黒いワンピースを着ており、同じく黒の大きな帽子も、さらに五十メートルほど下流で見つかっています。靴下ははいていますが、靴は、ありませんでした。それで、或いは、展望車から消えたという乗客ではないかと思って、調べているところなんです。展望車の中では、靴を脱いで、スリッパになったということですし、その乗客は、黒い、ツバの広い帽子をかぶっていたということなので」

「なるほど」

「千頭派出所の警官がメモした方々に、きくつもりで、同じ警察官の亀井さんに、まず、お電話したわけです」

「大井川第一橋梁の下流といいましたね？」

「そうです」

「それなら、同じ女性かも知れません。列車が、第一橋梁を通過したあと、展望デッキから、消えたんですから」

「そうですか」

「他の乗客にも、きかれたらいいと思いますね」

「そのつもりにしています。それで、彼女が、誰かに、展望デッキから突き落とされたという可能性はありませんか？」

「そうですねえ」

と、亀井は、ちょっとの間、昨日のことを思い返していたが、

「まず、ないと思いますね」

「なぜですか?」

「展望車には、三十人の乗客しか乗っていなかったんです。中央には、青いじゅうたんを敷きつめた通路があって、展望デッキは、よく見えました。それに、展望デッキに出るには、ドアを開けなければならないんです。私が、最後に見たときは、そのドアは閉っていて、展望デッキには、彼女が、一人でいましたね。それに、展望デッキの手すりは、高さが、一メートル十センチあると聞きました。私も、実際に、デッキに出ましたが、腰より高かったですよ。簡単には、突き落とせないと思いますね」

「すると、亀井さんは、彼女が、自分で、展望デッキから、飛びおりたと、お考えですか?」

「列車が、大井川第一橋梁を通過しているときに飛びおりたとすれば、身体《からだ》を、橋げたにぶつけるなどして、全身に打撲傷があっても、おかしくはないでしょう?」

「そういえばそうですね」

「私一人の考えでは、間違っているかも知れないから、他の乗客にも、きいてみて下さい」

「わかりました」

「それで、彼女の身元は、わかったんですか?」

「列車の展望デッキに落ちていたハンドバッグがありまして――」

「知っています。シャネルの黒いハンドバッグです」

「その中に、運転免許証が入っていたので、簡単に、身元が割れました。免許証の写真も、本人に間違いありませんでした。東京の女性で、名前は、板倉涼子です。年齢は、二十四歳。住所は、東京都新宿区四谷――」

「ちょっと待って下さい！」

思わず、亀井の声が大きくなった。

6

夕方になって、次々に帰って来た刑事たちが、これといった収穫をもたらさなかっただけに、静岡県警からの知らせは、大きな関心の的《まと》になった。

「君と日下《くさか》君で、静岡へ行ってくれ」

と、十津川は、いった。

翌朝早く、亀井は、若い日下刑事を連れて、もう一度、新幹線に乗った。

こだまを、静岡で降りる。

前もって、電話で連絡しておいたので、県警の羽田刑事が、迎えに来てくれていた。

電話の声が、どちらかといえば、甲高いので、背の高い、痩《や》せた人物を想像していたのだが、実際の羽田は、中肉中背のがっちりした身体つきだった。

「近いところですが、丁度、車がありましたので」

と、羽田は、亀井と日下を、覆面パトカーに案内した。

「自殺か、他殺か、わかりましたか？」

亀井がきくと、羽田は、首を振って、

「二十九日に、問題の展望車に乗っていた乗客に来て貰って、一人一人から、事情を聞いている段階です。それにしても、東京の宝石商殺しと関係があると知って、びっくりしているところです。もし、その犯人が、板倉涼子だとすると、自殺の可能性の方が強くなりますが」

「われわれの方も、まだ、犯人を絞り切れずにいるところです。展望車の乗客は、全部、来ていますか？」

「いや、今のところ、五人だけです。二十九日に、千頭の派出所の警官は、展望車の乗客全員の名前と住所、それに、電話番号をききましたが、それが、嘘《うそ》かどうか確認しませんでした。この場合、止《や》むを得なかったでしょうがね。全員が、身分証明書を持っているわけじゃないし、誰だって、警察と関《かかわ》り合いには、なりたくないでしょうしね」

「じゃあ、嘘の住所や名前をいった乗客がいたわけですか？」

「残念ながら、半分くらいは、連絡がとれません。電話も、住所もでたらめでしてね。多分、名前もです」

「呆《あき》れたな」

若い日下が、舌打ちをすると、羽田は、笑って、

「何もなくても、ホテルや旅館に泊る時に、ほぼ半分の人間は、でたらめの名前や住所を書くといいますからね」

「でも、五人の乗客は、来てくれたわけでしょう」

と、亀井がいった。

「あなたを入れて、六人です」

羽田が、ニッコリ笑っていった。亀井は、この県警の刑事が、好きになってきた。

静岡県警本部へ着くと、そこで、展望車で一緒だった乗客五人と会った。

若いカップルの二人、亀井に、展望デッキの女のことが心配だとささやいた青年、それに、中年の夫婦の五人である。

青年は、亀井を見ると、ニコニコ笑いながら、近づいて来て、

「また、お会いしましたね。あなたも、警察から呼ばれたんですか？」

と、声をかけてきた。

「私の名前は、亀井です。実は、警視庁の人間です」

「本当ですか」

青年は、びっくりしたらしく、眼を丸くしている。

「もっとも、あの日は、非番で、息子と遊びに来ていたんですがね」

「僕《ぼく》は、金子良治《かねこりようじ》といいます。サラリーマンです」

と、青年は、いった。

「金子さん。これからも、よろしく」

「僕が、あの日撮った写真を、ここの警察に渡したんですよ。例の女性を撮ったのは、僕しかいないらしいんで。それから、あなた方親子の写真も撮りましたから、フィルムを返して貰ったら、焼き増して、進呈しますよ」

「ありがとう」

亀井は、礼をいってから、羽田たちのいる部屋へ歩いて行った。

亀井と、日下は、県警の捜査一課長に挨拶《あいさつ》してから、死んだ板倉涼子の所持品を見せて貰った。

シャネルの黒いハンドバッグは、前にも見ている。

今日は、その中身を見せて貰った。

運転免許証。

カルティエの財布には、七万円あまりの金が入っている。

カルティエのライターと、ラークの煙草。

カギの二つ付いたキーホルダー。多分、マンションと、車のカギだろう。

化粧品も、外国品だった。

身につけていたものとして、腕時計と、ルビーの指輪。こちらは、それほど、高価なものではなかった。

黒いハイヒール。これはスイス製だった。

それに、ツバの広い黒い帽子。

「ハイヒールは、展望車の入口のところにあったものです」

と、羽田が、説明した。

「そうでしょうね。そこで、スリッパにはきかえて、じゅうたんの上へ行くようになっていましたからね」

亀井が、いった。

「それから、乗客の中の金子良治という人が、撮った写真が、今、現像、引き伸しがすんで、出来て来ましたから、見て下さい」

と、羽田は、三十枚のカラー写真を、テーブルの上に並べた。

半分の十五枚は、井川線のお伽ぎ電車に乗ってから撮ったものだから、意味がない。

あとの十五枚のうちの二枚に、黒い帽子をかぶり、シャネルのハンドバッグを下げた女が写っていた。

出発前、金谷のホームで撮ったものらしい。女は、顔をそむけている。

亀井は、東京から、板倉涼子の顔写真を二枚、持って来ていた。正面と、横から撮った二枚である。

それは、運転免許証の写真と一致した。

「遺体の女性と同じです」

と、羽田がいった。

遺体は、解剖を了《おわ》って、大学病院に置いてきたという。

「それで、五人の乗客から話を聞いて、どんな結論になったんですか?」

「どうも、他殺の線は、ほとんど無くなりましたね。五人とも、彼女が、ひとりで、展望デッキにいたのを見ています。特に、加藤市郎《かとういちろう》、同じくみどりという結婚一年のカップルの女性の方の証言では、列車が、大井川第一橋梁にかかる直前に、展望デッキの方を見たら、女が一人で立っていた。橋梁を渡り了《おわ》って見たときには、消えていたというんです。そのあとで、他の乗客がいなくなったと騒ぎ出したんだというわけです。わずか、数秒の中《うち》に、展望デッキから消えたわけで、その間に、誰かが、ドアを開けて、展望デッキに出て、彼女を突き落として、戻って来るというのは、不可能です」

「すると、自殺ですね？」

「そうです。列車が、大井川の鉄橋を渡っている時、自分の意志で、展望デッキから、川に向って、飛び込んだということです。その時、橋げたにぶつかって、全身に打撲傷を負ったものと思います」

「展望車の切符は、予約して買ったわけだから、彼女は、南アルプスや、ＳＬが好きで、切符を買っていたが、東京で、父親の板倉俊介を殺してしまったので、楽しい筈の旅行が、自殺行になってしまったのかも知れませんね」

「すると、東京の殺人事件も、解決ということになりますね。犯人が、大井川で自殺ということで」

「そうですな」

と、亀井は、肯いてから、

「スリッパは、見つかりましたか？」

「スリッパ？」

「彼女は、展望車に乗って、ハイヒールを、スリッパにはきかえて、展望デッキに出ていたんです。彼女が消えてしまったあと、展望デッキに、ハンドバッグは落ちていましたが、スリッパはありませんでした。ということは、スリッパをはいて、飛びおりたことになる。そのスリッパは、見つかったのかと、思いましてね」

「まだ、見つかっていません。展望車に用意されていたスリッパは三十足で、事件後、一足なくなっていたそうですから、亀井刑事のいわれるように、板倉涼子は、スリッパをはいて、飛びおりたものと思われます。もっとも、彼女が、飛びおりた時に、脱げて、大井川に落ち、軽いものだから、そのまま、流れてしまったということは、十分に考えられます」

「もう一つ、三十人の乗客の中に、NNCテレビの人たちが、二人の若いモデルを使って、SL急行をビデオに撮っていたんですが、その連中には、連絡がとれなかったんですか？」

亀井がきくと、羽田は、「それなんですが」と、肩をすくめて、

「メモにあったので、NNCテレビに電話したんですが、そんな仕事はしていないという

んですよ」

「それは、本当ですか？」

「ええ。けんもほろろの返事でしたよ」

「しかし、あのビデオカメラには、NNCと書いてあったんだがな」

「もっとも、テレビにくわしい人の話だと、最近は、テレビ局自体が製作する番組は少なくて、外部のプロダクションに委託するものがほとんどだそうです。それを狙《ねら》って、群小プロダクションが、ひしめいているとも聞きました。また、プロダクションの中には、売れそうな作品を作って、それを、テレビ局に売り込むところもあるというんです。SL急行と展望車で、南アルプスへという企画はいいから、作れば、テレビ局が買うんじゃないかという人もいましたね。だから、NNCとあっても、有名なテレビ局とは限らない。小さなプロダクションじゃないかというんです。そういう小さな会社ほど、警察に関るのを嫌《いや》がるから、NNCテレビと、嘘をついたんじゃないかともいってましたよ」

と、羽田は、いった。

確かに、NNCとあっても、テレビ局とは限らないのかも知れない。

NHKというと、誰でも、あの放送局と思ってしまうが、それより先に、NHKで登録した会社があるということを、亀井は、聞いたことがある。

しかし、あの連中が、NNCテレビの人間ではなかったということは、やはり、気になった。

7

亀井と日下は、羽田の案内で、大学病院に廻り、板倉涼子の遺体を見、医者の解剖証明書の写しを貰った。

二人が、病院にいる間に、板倉俊介の遠縁に当るという兄弟が、遺体を引き取りにやって来た。

小野田康夫《おのだやすお》、由郎《よしろう》という中年の兄弟だった。

二人は、医者や、亀井たちに向って、

「あの娘は、死んだ父親以外に、親しい人間がいませんのでね。私たちが引き取って、手厚く、葬《ほうむ》ってやろうと思っています」

と、殊勝《しゆしよう》ないい方をした。

二人の表情を見ていると、それが、本当とは、とうてい、思えなかった。

板倉俊介の莫大《ばくだい》な遺産は、娘の涼子が死んだ今、彼等、親戚のもとに行くことになる。

それを、完全なものにするために、涼子の遺体を引き取りに来たのではないか、と、亀井は、思った。

しかし、遺体の引き取りを拒否する権限も権利も、警察にはない。

小野田兄弟が、板倉涼子の遺体を引き取って行くのを見てから、亀井と日下は、いったん、東京に帰った。

「静岡県警は、今のところ、板倉涼子は、SL急行『かわね路』号の展望車から、大井川に身を投げて死亡したと考えているようです」

翌日、亀井は、十津川に報告した。

「それに対する反証はないのかね？」

「あの日、問題の展望車に乗っていた乗客を、県警で呼んだんですが、大半が、嘘の住所と名前をいってたそうで、五、六人しか来ていませんでしたね。彼等は、若い女が、展望デッキに、ひとりで出ているのを見ているんです。争う気配も、悲鳴も聞いていないので、県警でも、自ら飛び込んだとしか考えようがないということでした」

「すると、こういうことになるのかな。板倉涼子が、父親の俊介を殺し、追いつめられた気持になって、自殺したと」

「少なくとも、静岡県警は、そう考えているようで、これで、東京と静岡の事件が、同時に解決したといっていましたよ」

「そうならいいんだが、何となく、すっきりしないねえ」

十津川は、考え込んでしまった。

うまく行き過ぎた時には、用心しなければならないと、十津川は、思う。特に、今度の事件のように、警察が、別に追いつめたわけでもないのに、容疑者が、勝手に自殺してしまったような場合は、なおさらだった。

刑事にだって、楽をしたい気持はある。容疑者が、勝手に自白してくれたり、自殺してくれれば、楽でいいが、狡猾《こうかつ》な犯人がいれば、そこに付け込んで来るだろう。

「カメさんは、展望車の切符を、当日に買ったわけではなく、前から、申し込んでおいたんだろう?」

と、十津川がきいた。

「そうなんです。SL急行の『かわね路』号は、五両の客車を連結していますが、展望車以外は、当日でも、切符を買えますが、展望車は、定員が三十名と少ないので、予約になっています。私も、子供のために、一週間前に予約しました」

「そうだとすると、板倉涼子も、予約していたことになる。彼女は、かッとして、父親を殺してしまい、追いつめられた気持で、大井川鉄道の展望車に乗り、展望デッキから、大井川に投身したというが、すぐには、切符は買えないわけだろう。まさか、父親を殺すのを予期して、展望車の切符を予約しておいたとも考えられないのだがね」

「それは、私も、疑問に思って、静岡県警と話し合ったんですが、向うは、こう考えているんです。板倉涼子は、大井川鉄道の展望車のことを何かで知って、乗りたくなり、切符を予約した。もちろん、その時には、父親を殺すことになるとは、考えてもいなかった。切符を手に入れたあと、父親の板倉俊介と喧嘩《けんか》し、カッとなって、殺してしまった。放心状態で、何気なくハンドバッグを開けると、そこに、大井川鉄道の展望車の切符が入っていた。どこへ行ったらいいのかわからなかった涼子は、ふらふらと、東海道本線の金谷へ行き、SL急行の展望車に乗ったというわけです。他の乗客の視線をさけるために、一人で、展望デッキに立っている中《うち》に、追いつめられた気持になって来て、大井川へ身を投げたというわけです」

「筋は通っているね」

「そうなんです。こちらとしては、反論する材料がないので、帰って来たわけですが」

と、亀井はいった。が、やはり、どこか納得できない表情をしていた。

「カメさんも、不満かい？」

「あれが、自殺でなく、展望車から突き落とされたというのなら、納得できたかも知れないんですがね」

「そうだな」

「板倉俊介は、傲慢《ごうまん》で、吝嗇《けち》なために、店員からも嫌われていたし、親戚からも、うとまれていたことは、はっきりしています。同業者からもです。敵はいくらでもいたわけです。板倉涼子は、確かに彼の娘ですが、二人の間に、普通の意味の親子の愛情があったとは考えられません。むしろ、憎み合っていた形跡すらあります。こうした周囲の状況を考えると、涼子が、かッとなって、父親の板倉を殺すことは、あり得ると思いますが、そのあと、追いつめられて、自殺するというのがわからないんです。今もいったように、容疑者はいくらでもいるわけで、警察も、涼子だけをマークしていたわけじゃありませんし、第一、彼女が、大井川鉄道の『かわね路』号に乗っていたことさえわかっていなかったんですからね」

「となると、涼子は、警察に追いつめられて自殺したわけではなく、父親を殺してしまったという良心の呵責《かしやく》から、死を選んだということになるね」

「自殺なら、そういうことになります」

「しかし、涼子という女性は、そんな形で、自殺を選ぶような感じはないがね」

「そうなんです。彼女は、明らかに、父親を憎んでいたと思いますね」

「すると、カメさんは、涼子も、殺されたと思うのかね？」

「その方が、納得できるんですが、証拠がありません」

亀井が、小さく頭を振ったとき、十津川の机の上で、電話が鳴った。

8

十津川が、受話器を取った。

初動捜査班の花田《はなだ》警部からだった。

「君に連絡したい事件にぶつかったんだ」

と、花田が、いう。

「すると、宝石商の板倉俊介殺しに関係があるのかい？」

十津川がきいた。亀井が、じっと、聞き耳を立てている。

「と、いうより、大井川鉄道の件に関係があると思うんだ。確か、容疑者の板倉涼子は、大井川鉄道の展望車から、大井川に飛び込んで死んだんだろう？」

「そうだ。それがどうかしたのか？」

「三月二十九日の汽車だったね？」

「ああ。二十九日だ」

「今、おれは、丸子多摩川《まるこたまがわ》の河原に来ている。ここで、大西次郎《おおにしじろう》というフリーのカメラマンが殺されたんだ。土手の上に、車があるから、車でやって来て、殺されたんだな。犯人に呼び出されたのかも知れない。問題は、被害者が、しっかりと右手に握りしめていたものだよ。犯人は、それを引きちぎって逃げたんだが、切れ端が、握られていた。それが、大井川鉄道の展望車の記念乗車券でね。29という日付がある。何月かはわからないが、もし、三月二十九日なら、君の事件に、関係があると思ってね」

「フリーのカメラマン？」

「そうだ。名前は、大西次郎だ。住所は、田園調布《でんえんちようふ》のマンションだよ」

「じゃあ、これから、カメさんを連れて、そのマンションへ行くことにする。記念乗車券の切れ端というのを、持って来てくれないか」

と、十津川は頼み、マンションの名前を聞いて、受話器を置いた。

「カメさん。出かけよう。ひょっとすると、事件が、新しい進展を見せるかも知れないんだ」

「記念乗車券とかいわれてましたね？」

「多摩川の河原で見つかった他殺体が、その切れ端を握っていたというんだ。例の展望車

「かわね路」号の展望車のカラー写真が入った記念キップである。三月二十九日の日付も入っている。

と、亀井は、名刺入れから、記念乗車券を取り出して、十津川に見せた。

「これですか？」

の記念乗車券だ」


「とにかく、出かけよう」

と、十津川は、いった。

田園調布のマンションには、花田が先に来ていた。

2DKの一部屋を、暗室に改造してあるので、強い薬品の匂《にお》いがした。

「これが、問題の紙片だよ」

と、花田が、見せてくれたものを、十津川は、亀井のものと、並べてみた。

間違いなく、同じものだった。

花田は、被害者の運転免許証を、亀井に見せた。

「この男なんだが、君と同じ展望車に乗っていたかね？」

「そうですねえ」

と、亀井は、免許証の写真を見ていたが、

「いたような気もしますが、はっきり覚えていないんですよ。写真をやたらに撮っている男がいたのは覚えていますが、何しろ、あの時は、モデルを二人使って、ビデオ撮りをしているグループがいて、そちらに、注意をひかれていたもんですから」

「三月二十九日に、展望車を連結したSL急行は、何回も往復したのかね？」

十津川が、亀井にきいた。

「いや、一往復だけです」

「すると、大西次郎というカメラマンは、君と同じ展望車に乗っていた可能性が強いね」

「そのために、殺されたということでしょうか？」

「だとすれば、見てはいけないものを見たか、写真に撮ったかしたんだろう」

十津川は、部屋の中を見廻した。

壁に、日付の入った黒板が、かけてある。

スケジュール表だが、その今日、四月一日のところに、チョークで、次の文字が、書き込んであった。

〈午後三時、多摩川園前

ＫＳ出版　編集部　山内《やまうち》氏と〉

十津川は、念のために、部屋にあった電話で、KS出版に電話を入れてみた。

案の定、山内という編集部員はいるが、フリーのカメラマンの大西次郎と会う約束はしていないという返事だった。

明らかに、大西は、ニセモノの編集部員に呼び出されて、殺されたのだ。

「やはり、写真だな」

と、十津川は、いった。

撮ってはいけないものを、大西は、三月二十九日に、大井川鉄道の展望車の中で、撮ってしまったのだ。

犯人は、KS出版の編集部の山内と嘘をつき、その写真を買い取りたいと、大西にいったのだろう。

もちろん、雑誌にも載せるといったろう。そうやって、呼び出して、殺したのではないのか。

殺された大西が、右手に握りしめていた記念乗車券の切れ端は、ダイイングメッセージということになる。なぜ、自分が殺されたのかを、知らせたかったのだろう。

「となると、板倉涼子の死は、他殺で、カメラマンの大西は、それを証明するような写真を撮ったことになりますね」

亀井は、いった。が、何となく、当惑した表情に見えた。

亀井は、十津川と同じく、涼子は、殺されたのではないかと、疑っていたのだから、眼を輝かせてしかるべきなのである。

「何か、疑問があるのかね？」

と、十津川が、きいた。

「犯人が、大西を殺してまで、奪い取ったとなれば、涼子が、誰かに、展望デッキから突き落とされる瞬間を撮ったような写真だと思うんですよ。しかし、そんな写真なら、大西が、なぜ、警察に見せなかったのかもわからないし、警察に見せても、金にならないからと思って、手元に置いておったとすると、犯人が、なぜ、今日まで、大西を放《ほう》っておいたのかわからなくなります。今日は、四月一日で、事件があってから、三日もたっているんです。三日間も、犯人が放っておいた理由がわからない」

「今日まで、犯人が、重要さに気がつかなかったということは考えられないかね？」

「と、いいますと？」

「カメラマンの大西は、日本では珍しい展望車の写真を撮りに行った。どこかへ売り込もうと思ったのかも知れない。しかし、自分の撮った写真が、殺人を証明するものだとは、思ってもいなかった。犯人の方でも、そうだったんではないかな。その中《うち》に、まず、犯人が、気付き、KS出版の者だといって、大西に、写真を持って来させて、殺して、奪い取ったということじゃないかね」

「そうだとしても、犯人は、ネガまで取りあげたと思いますから、具体的に、どんな写真だったかわかりませんね」

「いや、いちがいに、そうとは限らんよ」

と、いったのは、花田だった。

「なぜだい？」

十津川が、きいた。

「ネガも持ち去られたのは確かだと思う。しかし、現像、焼付け、引き伸しもした筈だよ。特に、出版社に売り込もうというんだから、いい写真を見せたいと思う筈だ。とすると、何枚も引き伸しをして、うまくいったものを、今日、持っていったんじゃないかな」

「そうか。失敗したやつが、ここに残っている可能性があるわけだな」

十津川たちは、暗室に入り、大きな屑《くず》かごを調べてみた。

破り捨てた写真が、詰め込んである。

屑かごを、明るい所へ持って来て、床に、ぶちまけた。

三人がかりで、一枚一枚、見ていった。

最初の一枚を見つけたのは、亀井だった。

金谷駅のホームに入っている「かわね路」号の写真である。何の変てつもない写真だし、板倉涼子も写っていない。

二枚目、三枚目が、見つかって、いった。

破られたものは、破片を見つけて、つなぎ合せた。

大西というカメラマンは、職人気質《かたぎ》なのか、うまく引き伸されていると思う写真まで、破り捨ててあった。

それだけに、写真は、何枚も見つかった。

合計三十九枚の写真が、並べられた。

これが、全てかどうかはわからない。プロのカメラマンというのは、何百枚と写すものだろうから、他にも、あった筈である。

しかし、三十九枚しかないのだから、これだけで、判断しなければならないし、また、いい写真だからこそ、やり直しをしたのだろう。それだけに、この三十九枚は、重要なものだということも出来る。

三十九枚のうち、板倉涼子が写っているものは、三枚しかなかった。

展望車の車内から、展望デッキにいる涼子を撮っているもの一枚。これは、ガラス戸越しに、後姿を撮ったもので、展望デッキには、彼女一人しか写っていない。

ホームにいる乗客の一人として、涼子が撮られている写真。これは、十二、三人の乗客の一人でしかない。ただ、黒いドレスに、黒い大きな帽子をかぶっているので、遠景でも、目立つが、表情は、はっきりしない。

三枚目は、同じく、金谷のホームで撮ったもので、低い位置で撮ったので、涼子の下半身しか写っていなかった。

彼女を撮ったというより、展望車のテールマークを、乗客越しに撮ったものといった方がいいだろう。「かわね路」という文字と、茶つみ娘を組み合せたテールマークは、かなり低い位置についているので、自然に、涼子の下半身しか写らなかったのだろう。それでも、すぐ、彼女とわかるだけのスタイルと、服装をしていた。

「これだけじゃ、どうしようもないな」

十津川が、溜息《ためいき》をついた。

この三枚では、他殺の証明にはなりそうもない。

「ちょっと待ってくれ」

花田が、急に、十津川に声をかけ、屑かごの底から、もう一枚の写真を、取り出した。

「これにも、彼女が写ってるよ」

と、いった。

十津川は、ちらりと見て、

「それは、三枚目と同じものだから、捨てたんだ」

「いや、少し違ってるよ」

花田は、持って来て、横に並べた。

同じように、涼子の下半身が写っている。

低い位置から、「かわね路」号のテールマークを撮ったものだった。

「同じじゃないか」

と、十津川が、いった。

「いや、少し、部分的に引き伸している」

花田がいった。

そういえば、花田が置いた写真は、二倍ほど、引き伸してある。

汽車のテールマークが、二倍の大きさになっていた。

だが、そのため、テールマークは、半分が欠けてしまっている。

「テールマークを拡大するためじゃないんだな」

と、十津川は、首をかしげた。

板倉涼子を始め、他の乗客も、下半身しか写っていないのだから、大西が、なぜ、拡大して、引き伸してみたのかわからなかった。

ただ、何人か写っている乗客のうち、黒いドレスを着、シャネルのハンドバッグを下げている涼子を中心において、二倍に引き伸していることだけは、明らかだった。

「あッ」

と、ふいに、亀井が、声をあげた。

「何だい？　カメさん」

「なぜ、二倍に引き伸したか、わかったような気がするんです」

「なぜだ？」

「板倉涼子の靴を見て下さい。きちっと、ドレスアップして、黒で、ハンドバッグや、靴も統一しているのに、靴が、ぴったり合っていないんですよ。かかとのところに、隙《す》き間が出来ています」

確かに、その通りだった。

最初の写真では、よくわからなかったが、二倍に引き伸した写真では、彼女の靴が、足に合っていないのが、はっきりわかる。

シャネルのハンドバッグを持ち、靴も、スイスのバリーである。そうしたブランドもので装いながら、靴の大きさが合ってないことが不思議で、大西は、引き伸して、確かめたのだろう。

「しかし、これが、何を意味しているんだろう？」

花田が、首をひねった。

十津川は、亀井と顔を見合せてから、

「ここに写っている女性は、板倉涼子じゃないんだ。少なくとも、別人の可能性が出て来たということさ」

と、花田にいった。

9

「靴が合っていないからかい？」

「そうだ」

「わからんね。たとえ、三月二十九日に、大井川鉄道に乗ったのが、板倉涼子のニセモノだったとしても、なぜ、足に合わない靴をはいてたんだ？　自分に合う靴をはけばいいじゃないか？」

「それが、出来なかったんですよ」

と、亀井が、いった。

「なぜだ？」

「展望車の構造が問題なんです。車内には、じゅうたんが敷きつめられていて、乗客は、スリッパにはきかえなければなりません。展望デッキに出る時も、スリッパです。従って、展望デッキから、身を投げたとすると、いやでも、靴は、車内に残ってしまうんです。もし、本当の板倉涼子と、靴の大きさが違っていたら、すぐ、ニセモノとわかってしまいます。多分、板倉涼子は、女性としては、足の大きな方だったんじゃないかと思いますね。もし、彼女の足の大きさより、小さな靴が残っていたら、たちまち、展望車に乗っていたのは、ニセモノとわかってしまいます。多少大きい靴なら何とかはけますが、小さい靴は、はけませんからね。だから、あの日、板倉涼子に扮《ふん》して、展望車に乗った女は、どうしても、本物がはくのと同じ大きさの靴をはかざるを得なかったんです」

「それを証明できるかね？」

花田が、きいた。

「静岡県警には、展望車に残っていた靴がまだ保管されていますから、問い合せてみればはっきりしますよ」

亀井は、部屋にあった電話を使い、静岡県警に連絡を取った。

その結果、保管されている靴の大きさは、二十五とわかった。

亀井は、やはりという顔で、受話器を置くと、

「女にしては、大きい方ですよ。普通は、二十三ぐらいですから」

と、いった。

念のために、涼子をよく知っている彼女の友人に電話してみると、間違いなく、涼子の靴の大きさは、二十五とわかった。

「大西というカメラマンは、この写真を撮ったために、自分が殺されるとわかっていただろうか？」

花田が、写真を見ながら、小声でいった。

「多分、わかってはいなかったろうね。しかし、彼が、この写真と、記念乗車券の切れ端を、ダイイングメッセージ代りに残してくれたおかげで、板倉涼子は、自殺でなく、他殺とわかったんだ」

十津川が、いった。

「しかし、どうやって、他殺を、自殺に見せかけたんだ？」

「それは、これから考えるさ」

10

翌日、十津川は、亀井と一緒に、東海道本線の金谷駅に出かけた。

実際の展望車を見て、犯人のトリックを考えることにしたのである。

大井川鉄道は、金谷の次の新金谷に、本社があり、ここに、ＳＬや、展望車などが、置かれている。

十津川と亀井は、頼んで、展望車の中に入らせて貰った。

二度目の亀井が、説明役になった。

「私が、息子と座っていたのは、特別室の隣りのソファです」

と、亀井は、その席を指さした。

二人は、靴を脱ぎ、青いじゅうたんの上を、スリッパで歩いて行った。

十津川と亀井は、二人掛けのソファに腰を下した。

そこから、展望デッキまで、十メートルぐらいのものだろう。

展望デッキには、左右に開くドアがついている。ドアを含めて、こちらの室内と、展望デッキの間をへだてているものは、上部はガラスで、下半分は、板になっていて、見えない。

「大井川で、死体で発見されたのは、板倉涼子本人だったことを考えると、複数の犯人によって、前もって計画された殺人と考えざるを得ないね」

十津川は、展望デッキの方に、眼をやりながらいった。

「私も、そう思います。計画は、こんな具合に企《くわだ》てられたんだと、私には、考えられるんです」

「それを聞こうじゃないか」

「犯人たちは、板倉俊介を殺すことを考えました。彼に対する憎しみもあったでしょうし、莫大な財産が狙いだったかも知れません。しかし、ただ殺せば、自分たちに、疑いがかかって来るし、肝心《かんじん》の財産も、一人娘の涼子のものになってしまう。そこで、一石二鳥の計画を企てたわけです。板倉俊介を殺し、しかも、その犯人に、涼子を仕立てあげ、自殺に見せかけて、殺してしまうという計画です。しかも、衆人環視の中での自殺となれば、誰にも、疑われまいと、考えたんでしょう」

「それで、三月二十九日の『かわね路』号の展望車の切符を、板倉涼子の名前で、買ったわけだな」

「そうです。涼子に似た女が、彼女になりすまして、展望車に乗りました。別に、難しいことはなかったと思いますね。というのは、板倉涼子は、別に有名人じゃありませんから、彼女に似ているかどうか、比べて見る人間はいないからです。ただ、黒いドレスに、黒いシャネルのハンドバッグを持ち、それに、黒い大きな帽子をかぶるという目立つ姿で、乗っていればいいわけです。顔は、大きな帽子にかくれてしまうから、誰にも見られずにすみます。そして、彼女が消え、大井川に、全く同じ恰好《かっこう》をした涼子の死体が浮んでいれば、涼子が、展望デッキから、身を投げて死んだと思いますからね。問題は、靴だったんです。板倉涼子は、女性にしては、足が大きくて、二十五もあった。彼女になりすまして、展望車に乗った女は、背恰好や年齢は同じくらいだったが、足は、二十三ぐらいだったんだと思いますね。女性としては、標準でしょう。しかし、この展望車では、靴は脱がなければならない。展望デッキから、身を投げたとすると、靴は、残ってしまうのです。その靴が、二十五より小さくては、トリックが、ばれてしまう。それで、涼子になりすました女は、仕方なく、ぶかぶかの靴をはいて、それを、カメラマンの大西に撮られてしまったわけです」

「次は、ニセの板倉涼子が、展望デッキから消えたトリックだが、まさか、彼女が、決死の飛びおりをしたとは、思っていないんだろう?」

十津川がきくと、亀井は、笑って、

「展望車を牽引するSL急行の『かわね路』号は、国鉄の急行ほど速くはありませんが、それでも、三、四十キロで走っています。飛びおりたりすれば、大怪我をするでしょうし、下手をすれば、死ぬかも知れません。そんな真似《まね》をしたとは思えませんね」

「では、どうやって、彼女は、展望デッキから消えたのかね？」

「警部も、この展望車をご覧になって、そのトリックが、おわかりになったんじゃありませんか？」

亀井が、逆にきいた。

「私なりに、一つのトリックを考えついたがね。まず、カメさんの考えを聞きたいね。違っていたら、私の考えをいおう」

と、十津川は、いった。

亀井は、ゆっくりと、自分の考えを確認するように、話しだした。

「板倉涼子になりすました女は、展望デッキから、姿を消せばよかったわけです。いや、姿が消えたと、他の乗客に思わせれば、よかったわけです。犯人たちの一人が、三月二十八日の夜、板倉俊介を、彼のマンションで殺します。そうしておいて、娘の涼子を連れ出します。殴りつけて、気絶させ、車に乗せて、連れ出したんだと思いますね。いくら外傷があっても、展望車から飛びおりた時に、橋げたや、大井川の川底の石にぶつかった時についたんだろうということで、怪しまれませんから、平気なわけです。ただ、殺してはいけない。死亡推定時刻が合わなくなってしまうからです」

「そうしておいて、涼子に似た女が、彼女になりすまして、翌日の二十九日に、大井川鉄道の展望車に乗ったわけだね？」

「そうです。涼子を気絶させた犯人の方は、気絶している彼女を車に乗せて、大井川の河原で待機しています。問題は、ニセの涼子の方ですが、今もいったように、本当に、身を投げなくても、展望車から消えたと思わせればいいわけです」

「問題は、その方法だろう」

「展望デッキは、見てわかるように、上半分がガラスで、下の半分は、板が張ってあって、こちらからは見えなくなっています。犯人はそれを利用したんだと思うんですよ。列車が、大井川の鉄橋を渡る前に、彼女は、ひとりで、展望デッキに立ちます。上半分は、ガラス戸だから、彼女が、立っている後姿が見えるわけです。だから、黒いドレスで、黒い大きな帽子をかぶった女が、ひとりで、展望デッキに出ているなと、乗客は思います。そして列車は、大井川第一橋梁を渡ります。最初の鉄橋だし、大井川が見えますから、乗客は一斉《いっせい》に、窓の外に眼をやります。その瞬間を狙って、女は、展望デッキで、床に伏せればいいのです。デッキは、下半分が板張りで、室内からは見えませんから、一瞬、消えたように錯覚します。私も、女が、消えたと思いました」

「問題は、そのあとだね。君は、心配になって、展望デッキに、見に行ったんだろう？」

「そうです。横にいた男が、見に行ったので、私も展望デッキに行こうとしたんです。そうしたら、二人の女性モデルを使って、撮影をしていたNNCテレビの連中が、どっと、展望デッキに、押し出して行ったんですよ。十二、三人ものグループですからね。狭いデッキは、たちまち、彼等であふれてしまって、私なんかは、入れなくなりました。仕方がないので、そこに、黒い帽子をかぶった女性はいないかときくと、誰もいない、ハンドバッグだけが落ちているという答が返って来て、手送りで、シャネルのハンドバッグが、渡されて来たんです。それで、これは、あの女が、展望デッキから、落ちたか、投身したんじゃないかと思って、車掌に知らせることにしたわけです」

「その撮影隊の行動が、うさん臭いねえ」

「あの時は、こんな事件になるとは思っていませんでしたから、別に、おかしいとは思ってもみませんでしたが、今になってみれば、タイミングが良すぎましたよ。それに、あの連中は、NNCテレビとは、何の関係もないとわかりました。となれば、連中も、犯人の一味ということになりますね。トリックは、至極、簡単で、展望デッキに、伏せていた女を、彼等が取り囲んでしまうわけです。狭いデッキですから、他の者は出ることが出来ない。その間に、女は、連中を壁にして、その中で、素早く、着がえをすませてしまう。ラグビーの試合中に、パンツの紐《ひも》が切れたりすると、その選手を、他の仲間が取り囲んで、その中で、パンツをはきかえる。あの要領でやったと思いますね。連中は、テレビ撮影ということで、大きな袋を下げたりしていましたから、あの中に、着がえる服を入れていたでしょうし、着がえたものを、それにしまい込んだんだと思います。女は、黒いドレスに、黒い大きな帽子という、やたらに目立つ恰好をしていましたから、どんな服に着がえても、別人になれたと思いますね」

「しかし、その時点で、展望車の乗客は、一人多くなってしまっていることになるね。女が、展望デッキから、大井川に身を投げたのに、実際には、変装して、残っていたわけだから」

「そうです。それで、すぐ車掌を呼んで来いと、大声で怒鳴ったんです。彼等の中の一人が、車掌を呼びに飛んで行きました。そして、車掌がやって来たんですが、誰も、呼びに行った人間が、戻って来たかどうかには、関心を払いませんでした。無理もないんです。女が一人、どうやら、展望デッキから、大井川に、身を投げたらしいというので、大さわぎになっていましたからね。多分、車掌に知らせに行ったやつは、次の駅でおりてしまったと思いますね。それで、乗客の人数は、ぴったり合うわけです」

「なるほどね」

「それに、女は、別人になって、逃げたと考えると、スリッパの謎《なぞ》が解けるんです」

「スリッパの謎？」

11

「展望デッキから、飛びおりるとすると、普通なら、スリッパを脱いで、裸足《はだし》で、飛びおりますよ。手すりは、かなり高いですからね。それなのに、デッキには、ハンドバッグは落ちていたが、スリッパはなかったんです。とすると、彼女は、スリッパをはいたまま、飛びおりたことになって、納得できなかったんです。それが、女が、変装して、消えたことにしたと考えると、納得できるんです。犯人たちは、スリッパを、展望デッキに残すことが出来なかったんですよ。ここにも、問題のスリッパがありますが、ごらんのように、大井川鉄道のマークが入っていて、市販されていないんです。犯人たちも、前もって、用意できなかったんだと思いますね。犯人たちは、私が今いったトリックを使ったと思いますが、そうなると、人数は減らなかったわけですから、余分なスリッパが、ないわけですよ。車掌を呼びに行った人間にしても、スリッパをはかずに、裸足で、駈けていたら、怪しまれますからね。それで、犯人たちは、スリッパを、展望デッキに残しておきたくても、それが出来なかったわけですよ」

「なるほどね」

十津川は、微笑した。亀井の推理が、十津川を納得させるものだったからである。

「一方、犯人の一人は、大井川第一橋梁の近くの河原で、SL急行『かわね路』号が通過するのを待っていたわけです。列車が通過したあと、車で運んで来た板倉涼子を、大井川に投げ込んで溺死させたんだと思います」

「一つだけ質問があるんだがね」

「何でしょうか？」

「大井川の鉄橋を渡るとき、展望デッキに、女が一人でいればいいが、たまたま、他の乗客も、一緒にいたらどうするつもりだったんだろうか？」

「それについて、犯人たちは、こう考えていたんだと思います。テレビ撮影のグループが、うまくやるつもりだったと思いますね。直前まで、展望デッキを、彼等で占領してしまうといった方法でです。或いは、大井川が蛇行するので、列車は、四回鉄橋を渡るので、チャンスは、四回あると考えていたんじゃないかと思います。どの鉄橋も、長さは、二百メートル前後ぐらいで、どこから身投げしたことにしても、同じわけです。最初の鉄橋で駄目《だめ》な場合、つまり、展望デッキに、他の乗客がいた場合は、外から見て、わかりますから、第二橋梁のところへ、車を移動させることにしてあったんだと思いますよ。道路は完備されていますし、『かわね路』号は、時速三十キロから四十キロぐらいで走っているから、自動車で追いつけます。ただ、実際には、第一の鉄橋で、上手《うま》くいったわけですが」

「すると、君は、テレビ撮影のグループも、犯人の一味だったと思っているんだね？」

「その通りです」

「君たち以外は、全部、犯人だったのかな？」

「そうじゃないと思います。殺された、大西というフリーのカメラマンは、犯人たちの仲間じゃないと思いますね。確かなのは、この場合、目撃者を作ることだったと思います。犯人たちだけで、板倉涼子が、展望デッキから飛びおりるのを見たといっても、あとで、警察が、調べていくと、怪しまれてしまう心配があります。だから、他の乗客は、犯人たちの仲間ではなかったと思います」

「すると、君も、目撃者に仕立てあげられた口だね？」

「腹が立って仕方がありませんが、その通りです。私の隣りにいた青年が、やたらに、展望デッキにいる女が心配だと、私に、話しかけて来ました。それだけじゃありません。鉄橋を渡ったあと、また、私に声をかけて来て、展望デッキから、女が消えたといったんです。それで、私は、まんまと、目撃者に仕立てあげられてしまったわけです」

「しかし、その青年は、本名を名乗り、静岡県警の呼出しにも応じて出て来たんだろう?」

「そうです。一人ぐらいは、警察の呼出しに応じないと、まずいと考えたからでしょうね。あの青年は、確か、金子良治という名前でした。彼は、犯人の一人だと、私は、確信しています」

「すると、犯人は、かなりの人数になるね。十五、六人になってしまう」

「そうです」

「どんな連中なんだろう?」

「三月二十九日は、丁度、銀座のイタクラ宝石店が、休みでした。あの店の従業員も、社長の板倉を憎んでいた形跡があります。人使いが荒いし、出すものを出さないということですよ。それから、板倉の財産を狙っている親戚がいます。彼等が、金目当てに、手を結んで、今度の計画を立てたんだと、私は、思っているんです」

「それにしても、刑事の君を、目撃者に仕立てるとはね。犯人たちも、まさか、君が、警視庁の現職刑事とは、思ってもみなかったんだろう」

十津川が笑うと、亀井は、頭をかいて、

「よっぽど、欺《だま》しやすい、お人好しに見えたんでしょうね」

と、いった。

12

一つの結論を得て、十津川と、亀井は、東京に帰った。

その二人を待っていたのは、銀座のイタクラ宝石店の従業員十七人が、全員、やめてしまい、店も閉じてしまったという知らせだった。

「そろそろ、犯人たちが、逃げ始めるぞ」

と、十津川は、亀井にいった。

「そうですね。金を貰って、姿を消し始めたんだと思いますね」

亀井も同感だった。

店をやめた十七人の名前と住所もわかっている。

彼等の行方は、西本刑事や、日下刑事たちに追いかけさせ、十津川と亀井は、金子良治という男に当ってみることにした。

展望車の中で、亀井を、目撃者に仕立てあげた男である。

住所は、静岡県警から教えて貰った。

中央線の三鷹《みたか》駅近くのマンションということになっている。

二人は、そのマンションを訪ねてみた。

ひょっとすると、この男も、逃亡しているのではないかと思ったが、案の定、彼も、部屋にいなかった。

管理人に、あけて貰って、部屋に入ってみた。

まだ、机や、洋服ダンスなどは、そのままになっているが、新聞は、二日間、溜《たま》っている。

「まるで、沈没する船から、ねずみたちが、あわてて、逃げ出すみたいだな」

十津川は、苦笑しながら、部屋の中を見廻した。

犯人たちは、うまくいくと思ったのだろう。板倉俊介を、娘の涼子が殺し、その涼子が、大井川鉄道の展望車から、大井川に身を投げて自殺したということで、終ってしまうと考えたに違いない。

板倉の莫大な遺産は、親戚たちが手に入れ、それを、犯人たちで分配して、何食わぬ顔でいようと思ったのだろう。

彼等の計画が、まずかったとは思わない。

ただ一つ、彼等にミスがあったとすれば、目撃者を作るのに、亀井刑事を選んでしまったことである。

非番で、子供連れの亀井は、平凡な父親に見え、恰好の相手と見えたに違いない。刑事というのは、どんなことでも、まず、疑ってみるものである。それが、犯人たちにとって、今、致命傷になろうとしている。

「金子さんが、どこの会社に勤めているか知りませんか？」

と、亀井は、管理人にきいた。

「今は、どこにお勤めかわかりませんが、前には、銀座の宝石店へお勤めでしたよ。この間、社長さんの亡くなった――」

「イタクラ宝石店？」

「ああ、そのお店です。何でも、社長さんと喧嘩して、やめたといってましたけど」

「なるほどね」

と、亀井は、肯いた。

考えてみれば、殺された板倉俊介は、自分で、犯人を作っていたことになる。店の従業員、親戚、それに、女遊びが激しかったというから、何人もの女にも、恨まれていたに違いない。展望車で、涼子になりすましていた女も、そんな女の一人だったのではないか。

聞くところでは、銀座の店でも、社長の好みで、美人を優先的に採用していたという。あのテレビの撮影グループの美人のモデル二人は、その従業員だったのではないのか。

「だいぶ、あわてて、姿を消したようだね」

十津川は、机の引出しから、手紙の束や、写真などを取り出しながら、亀井にいった。

もし、落着いて、姿を消したのなら、こうした手紙などは、処分していくだろうと、思ったからである。

手紙の中に、今度の殺人を計画したことを証明するようなものは、見つからなかった。が、彼が、逃げて行きそうな場所を、暗示してくれるものはあった。恋人や、友人からの手紙である。

十津川と亀井は、捜査本部に戻った。

日下や、西本たちも、空振りに終って、帰って来たが、十七人の従業員たちが、逃げて行きそうな場所はわかったので、手配は、すませた。

あとは、死んだ板倉俊介の遺産を手にする親戚たちである。

涼子の遺体を引き取って行った小野田康夫、由郎の二人の兄弟が、犯人グループのリーダーだったと考えられた。が、証拠はない。そこで、この二人にも、監視がつけられた。

彼等が犯人だという証拠は、なかなか見つからなかったし、姿を消してしまった店員たちも、いっこうに、見つからない。

しかし、十津川は、楽観していた。

グループによる犯罪というのは、成功の確率も高いが、そのあと、仲間割れの確率も大きいからである。特に、金で結びついたグループは、割れるのも早い筈だった。

翌日になって、金子良治の死体が、調布市《ちようふ》の深大寺《じんだいじ》の近くの雑木林で発見された。くびを絞められた痕《あと》があり、明らかに、他殺だった。

「始まったな」

と、十津川は、亀井にいった。

「仲間割れですね」

「多分、金の配分で、もめたんだろう」

「こうなると、二人目、三人目の犠牲者が出てくることが予想されますね。これからすぐ、深大寺に行かれますか？」

亀井がきいた。

「いや。私は、ここに残っている。君だけ、見て来てくれ」

と、十津川がいうと、亀井は、おやっという顔をした。

十津川は、先頭に立って、駈けずり廻る方である。捜査本部に、じっと腰をすえている型のリーダーではない。その十津川が、残るというので、亀井は、おやっという顔をしたのである。

亀井が、出て行ったあと、十津川は、じっと、机の上の電話を見た。

十津川が期待しているのは、犯人たちの中から出てくる密告電話だった。

十人を超えるグループによる犯罪の場合、仲間割れは、起き易《やす》い。殺し合いも起きるが、不満や、恐れから、警察に通報してくる人間も出てくるものなのだ。

十津川は、電話機に、テープレコーダーを接続して、じっと待った。

金の配分の不満、或いは、自分も、消されてしまうのではないかという不安、グループの中には、気の弱い人間もいるから、必ず、通報してくる人間がいる筈なのだ。

仲間の一人が殺されたことで、この確率は、また高くなったと思う。

やがて、電話が鳴った。

十津川は、テープレコーダーのスイッチを入れて、受話器を取った。

遠慮勝ちな若い女の声が聞こえた。

「あの──自首したら、罪は軽くなるんでしょうか?」

「とにかく、話してご覧なさい」

と、十津川は、いった。

死を運ぶ特急「谷川《たにがわ》5号」

1

人間一人を殺すのに、いったい、何分必要だろうか?

仁科貢《にしなみつぐ》は、今、一人の男を憎んでいる。

相手の名前は、前田哲夫《まえだてつお》という。仁科と同じ二十八歳だ。

六年前、二人は、新宿《しんじゅく》の同じデザイン学校を卒業した。在学中は、むしろ、仁科の方が、才能があると思われていたし、仁科自身も、自信を持っていた。

それが、六年たった現在、仁科は、まだ無名で、生活のために、町内会のお祭りのパンフレットまで書いているのに、前田の方は、今や、日本を代表する新進デザイナーとして、引く手あまただ。

才能の差や、運のなさが、こうさせたのなら、諦《あき》らめがつく。前田に追いつこうと、努力もする。

だが、そうでないことが、最近になって、わかったのだ。

前田の出世作となったTA電気の「二十一世紀へのイメージポスター」は、実は、仁科への注文だった。

渋谷《しぶや》に、若くて、売れないデザイナーたちが住んでいたアパートがあった。仁科も、前田も、そこに住んでいた。

ＴＡ電気が、新しい自社のイメージをという狙《ねら》いで、有名なデザイナー林一郎《はやしいちろう》に、ポスターのデザインを頼んだとき、林は、自分の教え子の仁科を推薦してくれたのである。

ＴＡ電気の広報部員が、アパートに来たとき、不運なことに、仁科は、留守だった。応対に出た前田が、その仕事を、さらってしまったのだ。

「仁科は、林先生と喧嘩《けんか》していて、先生を恨《うら》んでいるから、そんな仕事は引き受けませんよ」

と、前田は、いったのだ。

つい最近まで、仁科は、前田が、そんな嘘《うそ》をついて、仕事を奪ったとは知らなかった。

最初から、林が、前田を推薦したと思い込んでいたのである。

恩師の林が、自分に冷たいのを、不思議に思っていたくらいだった。林の方は、折角、自分が推薦してやったのに、生意気に断わったと考えて、怒っていたのである。

真相を知って、仁科は、前田を問い詰めた。他《ほか》の者がいるところでである。

しかし、前田は、笑って、「それは、君の被害妄想《もうそう》だよ」といった。

仁科は、彼を、林の家に連れて行って、シロクロをつけようとした。それが、一番いい方法だと思ったからである。

ところが、二人を前にした林は、驚いたことに、あの時は、最初から、前田君を推薦したと、前の言葉を、訂正したのだ。

明らかに、林は、前田に買収されてしまったのだ。それは、新進デザイナーとしてもてはやされる前田を、大御所の林も、無視できなくなったということだった。

仁科は、二重に打ちのめされた。

前田だけでなく、林まで敵に廻《まわ》してしまった仁科は、デザインの世界では、完全に孤立してしまった。

決りかけた仕事も、二人の妨害で、来なくなった。

仁科は、前田を殺してやりたいと思った。

だが、前田を殺せば、自分が疑われるのは眼に見えていた。

TA電気のポスターのことで、仁科は、他のデザイナー仲間の前で、前田を難詰《なんきつ》したからである。

前田を殺しても、自分が捕まったのでは、何にもならない。前田の苦痛は一瞬なのに、こちらは、何年も、刑務所で過ごさなければならないからだ。

仁科は、林も憎んでいた。平気で、金のために、前田の支持に廻ったからである。

一番いいのは、林を殺して、前田を、その犯人に仕立てあげることだった。それが出来れば、復讐は、完璧《かんぺき》だ。

六十歳の林を殺すのは、簡単だろう。問題は、その犯人に、前田を仕立てることである。

最近、二人は親しく交際しているようだから、林が殺されれば、一応、前田も疑われはするだろう。しかし、仁科が、やみくもに、林を殺しても、その時間に、前田にアリバイがあったら、何にもならない。

両方の条件を満たすようなチャンスは、なかなか訪れそうもなかったが、八月に入って、それらしいチャンスがやって来たのである。

しかし、上手《うま》くやるためには、きっかり、十分の間に、林を殺さなければならなかった。

2

林は、学生時代に、登山グループに入っていたせいか、六十歳の今も、夏になると、山に登る。

前田も、林へのご機嫌《きげん》とりでか、一緒に、夏山に登るようになっていた。

八月十二日に、林は、ひとりで、夏の谷川《たにがわ》に出かけることになった。その前日、渋川《しぶかわ》の公民館で、講演をする前田は、渋川から、林に合流するのだという。

別に調べなくても、情報は、仁科の耳に入って来た。前田が、林と一緒に谷川に行くことを、吹聴《ふいちよう》して歩いたからである。前田にしてみたら、大御所の林と親しいことを、デザイナー仲間に知らせたかったのだろうし、林には、そんな前田が、可愛《かわい》いのかも知れなかった。

林は、上野《うえの》発一三時〇四分のL特急「谷川5号」に乗ることになっていた。この列車の渋川着が一四時四九分で、前田は、渋川から、この列車に乗って、林と合流する。

仁科は、このチャンスに、林を殺し、前田に、その罪をかぶせてやろうと思った。

仁科は、この列車を研究し、前もって、上野から、乗ってみた。

その結果、わかったことが、いくつかある。

L特急「谷川」は、十四両編成だが、いわゆる二階建編成で、水上《みなかみ》、石打《いしうち》まで行く「谷川」が14号車から8号車まで、あとの7号車から1号車までの七両は、万座《まんざ》・鹿沢口《かざわぐち》行の「白根《しらね》」である。

上野では、「谷川」と「白根」が、連結されて出発するが、分岐点の渋川から先は、「谷川」と「白根」に分割されるのである。

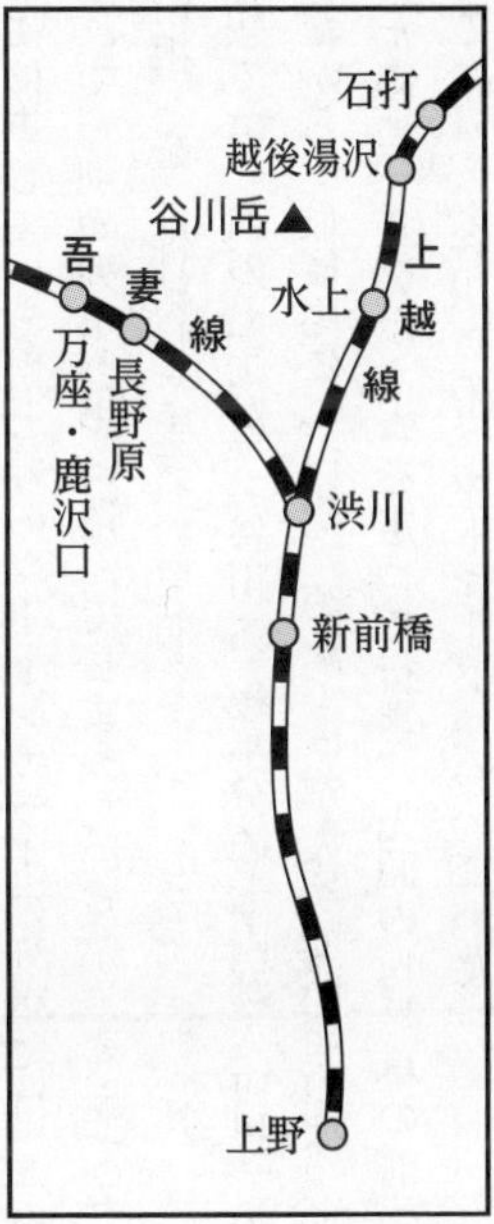

仁科は、この列車を利用して、林を殺し、その罪を、前田にかぶせられないかと考え、実際に、乗ってみた。

出発の十五分前に上野駅に着いた仁科は、一応、終点の石打まで切符を買って、中央改札口を通ったが、その場で、「おやッ」という顔になった。

上野駅は、ホームが並列していて、出発する列車は、ずらりと、尻《しり》を向けて並んでいる。

列車名のマークが、後部にもついているのだが、肝心《かんじん》の「谷川」のマークが、見当らなかったからである。

まだ、入線していないのかと思ったが、あと十二分で発車時刻である。

仁科以外にも、「谷川」に乗るためにやって来て、その列車が見つからずに、当惑している乗客が、何人もいて、駅員にきいている。

仁科も、きいてみた。
三十五、六の駅員は、またかという顔で、
「そこに停《と》まっているよ」

と、十四番線に入っている列車を指さした。

いわれて、ああと、仁科は、納得がいった。

そこに停車している白と緑のツートンカラーの列車には、「白根」のマークがついている。それで、別の列車と思い込んでしまったのだが、考えてみれば、「谷川」は、渋川まで、「白根」を、併結《へいけつ》して走るのである。

上野駅では、前の七両が、「谷川」、後半分の七両が「白根」の形で、入線していたのである。だから、最後尾に「白根」のマークが入っていたのは、当然なのだ。

念のために、長いホームを走って行き、先頭の14号車の前へ廻ってみると、当然ながら、そこには、「谷川」のヘッドマークがついていた。

仁科は、安心して、先頭の14号車に乗り込んだ。が、ここは、指定席である。

一三時〇四分。定刻に発車したあと、仁科は、14号車から、通路を、後の車両に向って歩いて行った。

全《すべ》ての車両を見ておかなければならない。

次の13号車は、グリーン車である。林は、このグリーン車に乗るだろう。
12、11号車が指定、10号車から8号車までが、自由席である。
8号車までが、水上、石打行の「谷川」である。

そこで、行き止まりだった。8号車と、次の7号車は、運転席がついていて、貫通式ではないので、通路を歩いて、7号車に行くことは出来ない。

もし、間違えて、「万座・鹿沢口」行の車両に乗ってしまうと、走行中には、こちらの車両に移れないわけである。

(これも、覚えておかなければならない)

と、仁科は、思った。

もう一つ、実際に、「谷川」に乗ってみて、発見したことがあった。

併結していた「谷川」と「白根」は、渋川で、分れる筈《はず》だった。線路図を見ても、そうなっている。渋川が、上越《じょうえつ》線と、吾妻《あがつま》線の分岐点だからである。

しかし、実際に、列車が分割されるのは、一つ手前の新前橋《しんまえばし》だった（正確には、三つ手前だが、途中の二つの駅には、特急は停車しない）。

なぜ、手前の新前橋で、切り離してしまうのか？　答は簡単だった。

列車の切り離しには、専門の作業員が必要である。渋川は大きな駅だが、合理化で、その作業員がいなくなってしまった。そのため、作業員のいる、手前の新前橋で、切り離すのだと、仁科は、教えられた。

分岐点の手前で切り離した結果、どういうことが起きるか。

新前橋→渋川の間は、切り離された「谷川」と「白根」が、前後して、同じ線路を走ることになるのである。

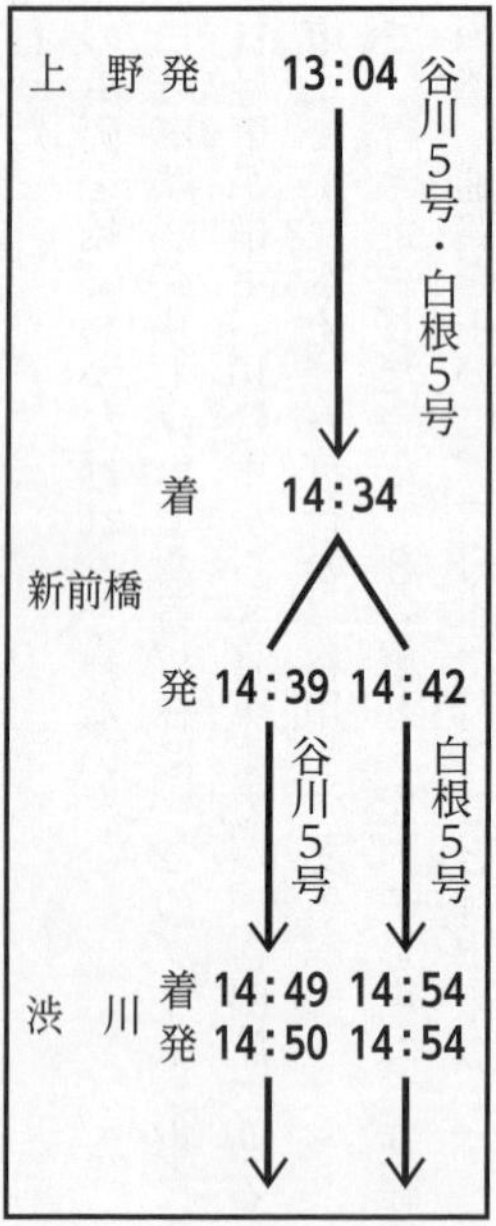

時刻表によれば、前記のようである。

仁科は、こうした特急「谷川」「白根」の列車運行を利用して、林を殺すことを考えた。

問題は、時間だった。

「谷川５号」が、新前橋を発車してから、渋川に着くまでの十分間に、林を殺さなければならない。

ただ殺すだけではいけない。殺して、グリーン車のトイレに押し込まなければならないのである。それも含めて、十分間である。

3

八月十二日までに、仁科は、前田の持物を何か一つ手に入れる必要があった。

そのため、前田を尾行し、あるクラブで、彼が酔って、ホステスに抱きついている間に、テーブルに置いてあったカルティエのライターを盗み出すことに成功した。これには、前田の指紋がついている。それを消さないように、ポリ袋に入れた。

これで、用意は出来た。

いよいよ、八月十二日。少し早目に上野に着いた。

登山帽にサングラス。それにボストンバッグという恰好《かっこう》である。それに、真っ赤なブルゾンという派手な服装にしたのは、もちろん、魂胆《こんたん》があってのことだった。

今日は、「万座・鹿沢口」までの切符を買い、改札口を通ると、「白根」の自由席に乗り込んだ。

林が、果して、「谷川」のグリーン車に乗ったかどうかは、確認しなかったが、山好きの林のことだから、乗った筈である。もし、中止したのなら、こちらも、中止して、次のチャンスを待てばいいのである。

ウィークデイだが、夏休みに入っているせいか、ほぼ、満席だった。夏山ということもあるから、「谷川」の方が、もっと、混んでいるだろう。

定刻の一三時〇四分に、列車は、出発した。

この列車は、上野―大宮《おおみや》間に使われているのと同じ国鉄の新しい車両なので、内部も、きれいである。

その上、窓が開く。もちろん、冷房がきいているのだが、それでも、窓を開けて、風を入れている乗客もいる。新幹線をはじめ、窓の開かない車両が増えてくると、特急列車で、窓が開けられるというのが、珍しいのだろうか？

赤羽《あかばね》、大宮と、停車していくにつれて、車内は、混んで来た。

仁科は、大宮から乗って来た若い女の二人連れに、「どうぞ」と、席を代った。

「どこまで行くんです？」

「草津《くさつ》温泉に行くんです。夏に温泉なんて、しゃれてるでしょう？」

座った方の女が、ニッコリ笑っていった。

仁科は、すかさず、

「偶然ですね。実は、僕も、草津温泉に行くんですよ」

と、いってから、

「そうだ。自己紹介をしておきましょう」

仁科は、用意してきた名刺二枚を、彼女たちに渡した。

「デザイナーなんですか？　素敵だわ」

と、彼女たちがいう。

「売れないデザイナーですよ」

と、仁科は、いった。

女子大生だという彼女たちの名前を聞いたり、映画や、テレビの話をしながら、仁科は、時間を計っていた。

高崎《たかさき》発が、一四時二六分。あと、八分で、「谷川」と「白根」が分割する新前橋に着く。

仁科が、少しずつ、口数を少なくしていき、彼女たちだけの会話になるように持っていった。

うまい具合に、彼女たちは会話に熱中している。

仁科は、そっと、席を離れた。

隣りの車両のデッキで、登山帽をとって、二つに折って、ポケットに押し込み、真っ赤なブルゾンを裏返しにして、着直した。裏側は、白である。

一四時三四分。新前橋着。

作業員が、さっそく、列車の分割作業を始めた。

ホームにおりて、それを写真に撮っている少年もいる。

「谷川」の方は、この新前橋に五分停車して発車し、「白根」は、その三分後に発車する。

仁科は、「谷川」が、発車する直前に、乗り込んだ。

一四時三九分に、「谷川」は、新前橋のホームを離れた。

このあと、十分間走って、渋川に着く。その十分間が、勝負である。

12号車に乗り込んだ仁科は、隣りのグリーン車を、のぞいてみた。

グリーン車も、ほぼ、満席である。

林はすぐわかった。見事な銀髪だからである。それに、渋川から、前田が乗ってくるので、林の隣席は、空いていた。

すでに、三分過ぎている。

仁科は、サングラスをかけ直し、グリーン車の通路に入って行った。

乗客は、窓の外の景色を見ていて、仁科に注意をする者は、誰もいない。

仁科は、林の横に来ると、

「林先生」

と、小声でいった。

びっくりしたように、林が、眼をあげた。

「ちょっと、来て下さい」

仁科は、そういって、トイレに向って、歩いて行った。

林が、何だろうという顔で、座席から立ち上り、ついてきた。

仁科は、トイレの前まで来て、振り向いた。

「なんだ。君か」

林が、馬鹿《ばか》にしたような眼で、仁科を見た。

仁科は、トイレの扉《とびら》を開けると、いきなり、林の腕をつかんで、押し込んだ。

「何をする!」

と、林が、甲高《かんだか》い声を出した。

仁科は、扉を閉めると、林のくびを絞めた。

林は、小柄《こがら》な上に、六十歳である。たちまち、ぐったりしてしまった。

仁科は、もう一度、林のくびを絞めた。

林の身体《からだ》が、トイレの床に頽《くずお》れた。

脈を調べてから、用意してきた前田のカルティエのライターを、死体の横に置いた。

ふうッと、仁科は、大きく、息をついた。

しかし、まだ、終ってはいない。

腕時計に眼をやった。

間もなく、渋川着である。

ぎりぎりまで、トイレにいなければならない。渋川を過ぎる前に、死体が見つかってはならないからだ。

スピードが落ちた。間もなく、渋川に着く。

渋川には、一分停車である。

列車が、ホームに入る。停車する寸前に、仁科は、トイレを出た。扉をきちんと閉める。

垂れ流しのトイレだから、停車中は使用しないで下さいと書いてある。渋川に停車中は、誰も、入らないだろう。

仁科は、素早く、隣りの車両まで走り、ホームにおりた。

丁度、グリーン車に乗り込む前田の姿が、ちらりと見えた。

「谷川」は、すぐ発車した。

(成功した)

と、仁科は、思った。

4

残っているのは、仕上げだった。

四分後に、「白根」が、到着する。「白根」の渋川着が、一四時五四分で、渋川発も、同じ一四時五四分になっているのは、停車時間が、三十秒ということだろう。

仁科は、「白根」が着くと、乗り込んだ。

動き出した車内で、ブルゾンを、元通り、赤い方に直し、登山帽をかぶってから、通路を、歩いて行った。

二人の娘は、まだ、お喋《しやべ》りに熱中している。

仁科は、そっと近寄って行き、何気ない感じで、二人の話の中に入っていった。

「もう、渋川を過ぎたんだね」

と、仁科がいうと、一人が、

「気がつかなかったわ」

「お喋りに夢中だったからですよ。僕が、もうじき、渋川だといっても、聞こえなかったみたいだもの」

「ごめんなさい」

「あと、一時間くらいかな」

仁科は、窓の外に眼をやった。

渋川から、「谷川」の走る上越線と、「白根」の走る吾妻線は、どんどん分れて行く。

そのことが、仁科を、ほっとさせ、陽気にさせた。

これから先、上越線のどこで、林の死体が発見されても、吾妻線を走る「白根」に乗る自分が疑われることは、まず、ないだろう。

草津温泉に行くには、長野原《ながのはら》でおりて、あとは、バスに乗るのが、一番近い。

仁科は、終着の万座・鹿沢口まで買ってあるのだが、そんなことは、おくびにも出さず、一五時四〇分に、長野原に着くと、彼女達二人と一緒に、列車をおりた。

「白根」の乗客は三分の一ぐらいが、ここで降りた。

鉄筋二階建のスマートな駅である。駅のスタンプには、「天下に名高い草津温泉への駅」とある。

それだけに、ここで降りた乗客の大部分は、駅前のバス停に一直線に歩いて行く。

草津温泉行のバスが出発するまでの間、仁科は、カメラを取り出して、彼女たちの写真を何枚か撮り、写真を送る約束をして、住所を聞いた。

バスが走り出した時、仁科は、ちらりと、腕時計に眼をやった。

十六時になったところだった。

渋川から分れた特急「谷川」は、三分前に終着の石打に着いた筈である。

しかし、その前に、乗客が、トイレを使う筈だから、林の死体は、発見されている筈だ。多分、「谷川」の車内は、大騒ぎになっているだろう。特に、グリーン車の中は。

そのあと、仁科の希望通りに動いているだろうか？

「どうなさったの？」

彼女たちの一人が、きいた。

仁科は、われに返り、あわてて、

「え？　なに？」

「仁科さんは、どこの旅館にお泊りになるの？」

「ああ、そのことね。実は、まだ決めてないんだ。向うへ行けば、何とかなると思っているんだよ」

仁科は、呑気《のんき》そうにいった。

草津温泉で、泊らなくてもいいのである。

ここへ来たという証拠さえ出来ればいいのだ。

こんな時は、何もかもうまくいくのか、簡単に、旅館が見つかった。丁度、予約していた客が、キャンセルしたところで、お客さんは、ついていますねと、仁科は、いわれた。

宿泊カードに、しっかりと、自分の名前を書き、夕食のあとで、ゆっくりと、温泉につかった。

殺人を犯したあとなのに、身体がふるえたり、林の断末魔《だんまつま》の顔がちらついたりはしなかった。自分でも、不思議だった。むしろ、積年のつかえがおりたような爽快《そうかい》感があったくらいである。

温泉からあがり、酒を持って来て貰《もら》って、飲みながら、テレビをつけた。

七時のニュースでは、まだ、事件は、放送されなかった。

急に不安になってきた。まさか、林の死体が、見つからずにいるなどということはないだろうと思いながら、一方では、殺したと思ったのに、ひょっとして、息を吹き返したのではないか、それで、わざと事件を抑《おさ》えて、警察が、犯人の自分を追っているのではないか、そんなことまで考えてしまった。それまでの爽快さが、一瞬にして、不安に変ってしまうのだ。

しかし、九時のニュースで、いきなり、

〈L特急「谷川」の車内で、デザイナー絞殺される〉

と、テロップが出て、仁科の不安は、吹き飛んだ。

仁科は、じっと、テレビを見つめた。

L特急「谷川」の写真が出る。アナウンサーの声が、それにかぶる。

——今日午後三時頃、上野発L特急「谷川５号」の車内で、東京都大田《おおた》区田園調布《でんえんちょうふ》に住むデザイナー林一郎さん、六十歳が、絞殺されているのが発見されました。

林一郎の顔写真が、ブラウン管に映し出される。

——「谷川５号」が、渋川を発車して間もなく、グリーン車の乗客の一人が、トイレに行き、ドアを開けたところ、絞殺されている林さんを発見し、車掌に届けたもので、警察では、同じグリーン車に乗っていた連れのデザイナー前田哲夫さん、二十八歳から事情を聞いています。

林さんは、日本デザイン界の長老で、国際的な賞を、種々、受賞しており——

（ここまでは、予想どおりだな）

と、仁科は、思った。

あとは、前田が、林殺害の犯人にされるかどうかである。

翌朝のテレビのニュースでは、前田哲夫の名前が、なぜか、急に、「重要参考人のMさん」に変った。

仁科は、いい傾向だと思った。多分、前田は、疑われ始めたのだ。だが、もし、無実の時に困るので、マスコミは、Mというイニシアルにしたに違いない。

（あと一日、ここに泊ることにしようか）

と、仁科は、考えた。

5

群馬県警捜査一課の矢木《やぎ》部長刑事は、四十歳だが、三十五歳から、とみに、髪の毛がうすくなった。

高校一年になった娘は、ますますおじん臭くなったという。自分でも、時々、鏡を見て、愕然《がくぜん》とすることがある。髪はうすいし、下腹は出てくるし、背は低いし、娘が、一緒に歩きたがらないのも無理はない。ふと、そのことで、真剣に悩み、アデランスにしようかとか、減量のためのジョギングでも始めようかと思ったりするのだが、事件が起きると、けろりと忘れてしまうのである。

上野発、水上・石打行の「谷川5号」の車内で、乗客の一人が殺され、渋川署に捜査本部が置かれた時も同じだった。

前日まで、アデランスのパンフレットを読んだり、新しい養毛剤を買って試したりしていたのに、そんなものは、すっかり忘れてしまった。ジョギング開始に備えて買ったトレイナーも、もちろん、家に置いたままである。

最初、同じグリーン車に乗っていた若手デザイナーの前田哲夫には、疑惑は、もたれていなかった。

しかし、死体のあったグリーン車のトイレで、カルティエのライターが発見されてから、事態が急変した。

そのライターに、T・Mのイニシアルが彫《ほ》ってあったので、前田に、「あなたのものじゃありませんか?」と、きいたところ、彼は否定した。だが、ライターから検出された指紋が、前田のものだったのである。

前田は、自分のものと思ったが、変に疑われると困るので否定した、ライターは、多分東京のどこかで落としたのだろうと弁解したが、警察の態度は、一変してしまった。単なる証人から、重要参考人になってしまったのである。

殺された林一郎と、前田哲夫のことは、東京の警視庁に依頼して、調べて貰った。

林が、日本デザイン界の長老だということ、前田の方は、若手のデザイナーとして、売り出し中ということが、報告されてきたが、群馬県警が、関心を持ったのは、次のエピソードだった。

前田が売り出すきっかけとなったTA電気の宣伝ポスターは、林が、教え子の一人、仁科貢というデザイナーの卵を、推薦したのだが、それを、前田が、横取りしてしまった。最近になって、そのことがわかって、もめたというエピソードである。

訊問《じんもん》に当った田辺《たなべ》警部が、そのことをきくと、前田は、これについても、

「そんなのは、私をねたむ者の作り話ですよ」

と、いった。

「しかし、林さんが、TA電気の人に、なぜ私の推薦した仁科君を使わなかったのかときいたことがあるんですよ。TA電気の広報部長が、そう証言しているそうですがね」

田辺が、問い詰めると、前田は、急に、頭をかいた。

「そうですか。じゃあ、そういうことにしておきましょう。昔のことなので、忘れましたよ」

「林さんからも、そのことで、いろいろといわれたんじゃありませんか？　それで、喧嘩になった」

と、田辺がいうと、前田は、急に、顔色を変えて、

「冗談じゃない。私は、林先生を殺してなんかいませんよ。私は、あの人を尊敬しているんだ。あの人なくしては、現在の日本のデザインはありませんからね」

「その林さんのことを、時代おくれのデザイナーと、けなしていたんじゃありませんか？」

「とんでもない。私は、林先生を尊敬していたからこそ、昨日も、渋川から『谷川5号』に乗って、先生と、谷川岳に登ることにしていたんですよ」

「あなたのデザイナー仲間は、あなたが、酔うと、林さんの悪口をいっていたと証言しているそうですがね」

「私が、若手の中では、一番売れているので、やっかみですよ。話にならないな。そんな陰口を、警察が信じるなんて。私はね、一昨日《おととい》の八月十一日に、渋川の公民館で、財界人相手に講演しているんですよ。そして、十二日に、渋川から『谷川5号』に乗ったんで

す。林先生と合流して、谷川岳に登るためです」

「十一日に、あなたが、公民館で講演したのは、知っていますよ。調べましたからね。財界人を集めて、ビジネスにおけるデザインの効用という題でしたね。十一日は、渋川駅近くのMホテルに泊り、翌日の十二時にチェック・アウトしたこともです」

「私はね、『谷川5号』に乗ってから、グリーン車に、林先生がいないんで、探していたんですよ。そしたら、先生の死体が発見されて、大騒ぎになったんです。私が殺さないことは、はっきりしてるじゃないですか」

「あまり、はっきりしているとはいえませんね」

と、田辺は、いった。

訊問をすませた田辺は、矢木たちに向って、

「いやな男だ」

と、吐きすてるようにいった。

「どうも、ああいう男は、好きになれんよ。平気で、嘘《うそ》をつくからな。それも、自分に有利になるようにだ。そうやって、ライバルを蹴落《けお》として、有名になって来たんだろうがね」

「そうなると、被害者の林一郎を、尊敬していたというのも、信じられませんね」

渡辺《わたなべ》刑事が、いった。

「東京からの連絡でも、前田は、林先生、林先生といって、ゴマをすっていたが、陰に廻ると、もう時代おくれのデザインだとか、ケチなおやじだとか悪口をいっていたらしい。被害者の持っているデザイン界の力を利用したくて、近づいていたんだろう。それが、被害者にも、うすうすわかっていたんじゃないかね。それで、昨日、列車の中で、衝突してしまい、かッとなった前田が、被害者を絞殺したんだろう」

「なぜ、前田は、死体が発見される前に、逃げなかったんでしょうか?」

と、他の刑事がきくと、田辺は、笑って、

「それが、天網《てんもう》かいかいというやつさ。前田は、渋川から、『谷川５号』に乗った。この時は、まだ、被害者を殺す気はなかったと思うね。乗ってから、口論になったんだろう。かッとして、殺してしまってから、トイレに死体を隠し、次の駅で逃げようと思ったんじゃないかな。ところが、死体は、渋川を出て間もなく、発見されてしまった。次の沼田《ぬまた》には、一五時〇七分に着くんだが、その数分前に発見されてしまったんだ。大騒ぎになり、前田は、被害者の隣席の切符を持っていたんで、逃げるに逃げられなくなってしまったんだ」

「なるほど」

「被害者は、六十歳だし、小柄だ。それに比べて、前田は、二十八歳と若いし、身体《からだ》も大きい。くびを絞めて殺すのは、簡単だったと思うねえ」

田辺は、もう、前田哲夫が犯人と決めてしまったいい方をしたが、ずっと黙っている矢木のことが気になったのか、

「君は、どう思うね？」

と、きいた。

「私は、仁科貢という男に、興味があります」

矢木は、うすくなった頭髪を、指でかきながらいった。

「仁科？　ああ、前田と同じ若手のデザイナーか」

「前田に欺《だま》されたために、今でも、無名でいるデザイナーです。この男には、鬱屈《うっくつ》したものがあるでしょうし、前田を憎んでいる筈です」

「しかし、殺されたのは、前田じゃなくて、林一郎だよ」

「そうです。仁科は、前田をひいきにする林にも、腹を立てていたんじゃないでしょうか。だから、同じグリーン車内で、林が死んでいれば、前田が疑われると、読んだことも考えられますが」

「ちょっと待ちなさい」

と、田辺は、矢木をさえぎって、

「昨日、『谷川５号』のグリーン車のトイレで、林一郎の死体が見つかった時、次の沼田で停車してから、乗客全員を調べてある。グリーン車の乗客だけじゃない。七両全部の乗客だよ。その中に、仁科貢という男はいなかった。いれば、前田が、友人だから、すぐ気付いたと思うがね」

「それは、わかっていますが、やはり、気になります。警視庁からの報告の中に、仁科が、十二、十三日と、アパートに帰っていないとあるのも、気になります」

「じゃあ、君は、前田は、犯人じゃないと思うのかね？」

「いえ。そうはいっていませんが、林一郎を殺す動機としては、前田より、仁科という男の方が、強いものを持っているような気がするのです」

矢木は、頑固《がんこ》にいった。

田辺は、しばらく考えていたが、ベテランの矢木に敬意を表するように、

「それなら、東京へ行って、仁科貢という男に会って来たまえ」

6

矢木は、東京へ着くと、まず、警視庁に、十津川《とつがわ》を訪ねて、協力の礼をいった。

「ああ、県警の田辺警部から、さっき、電話があって、君のことを聞いたよ。県警では、同じグリーン車に乗っていた前田哲夫を犯人と見ているが、君は、それには反対で、仁科貢を怪しいと思っているそうだね」

十津川にいわれて、矢木は、頭をかいた。

「反対なんかはしておりません。今の段階では、前田哲夫の容疑が濃いです。ただ、私は、負け犬の仁科貢の方に、非常に興味を感じただけのことです。捜査は、完全であって欲しいと思っていますので」

「それなら、うちのカメさんと気が合うだろう。彼も、同じだからね」

と、十津川は、亀井《かめい》を紹介した。

亀井は、簡単にあいさつしてから、

「行きましょうか」

と、矢木にいった。

「行って貰えますか？」

「実は、私も、仁科貢という男に、興味があるのですよ。さっき、アパートに電話したら、帰宅していましたから」

二人は、電車で、下高井戸《しもたかいど》へ行った。午後七時を過ぎていて、昼の暑さは、少しは、和らいでいた。

仁科貢の住むアパートは、京王《けいおう》線の駅から、歩いて十二、三分のところにあった。

「前田哲夫とは、大変な違いですね。向うは、原宿《はらじゅく》にある豪華なマンションです」

うす暗い入口を入りながら、亀井が、いった。

プレハブ造りのアパートの二階に、仁科の部屋があったが、ドアの横に、「仁科デザイン工房」という大きな看板がかかっている。五、六階建のビルにふさわしいような看板だった。

「大したものですな」

と、矢木は、手で、その看板をなぜた。

亀井が、ドアをノックした。

すぐ、仁科が、ドアを開け、亀井の差し出す警察手帳を見ても、別に驚く様子もなく、

「さっき、電話下さった方ですね。どうも、一昨日、昨日と留守にしていて、申しわけあ

りませんでした」

と、いって、二人を、招じ入れた。

六畳の居間と、四畳半が二つ、その居間の方に、通された。

「十二日から、どこへ行っておられたんですか？」

と、亀井が、きいた。

「草津温泉です。たまには、温泉もいいと思いましてね」

と、仁科は、笑った。

矢木は、頭の中で、草津温泉の場所と、渋川の位置を、思い浮べていた。

「事件は、ご存知ですね？」

亀井が、きく。

「ええ。草津温泉の旅館で知りました。テレビのニュースでやりましたからね。びっくりしましたよ。林先生は、私の恩師ですから」

「十二日に、行かれたんですね？」

矢木は、ぼそっといった。

「ええ、そうです」

「上野を何時に出る列車に乗られたんですか？」

「一三時〇四分上野発の特急『白根5号』です」

と、仁科がいう。

矢木は、「白根5号」と口の中で呟《つぶ》やいてから、

「それは、『谷川5号』と、併結して走るんじゃありませんか?」

「よくご存知ですね。乗られたことがあるんですか?」

仁科が、ニコニコ笑いながら、きき返した。

「今日も、上りの『白根』に乗って来ましたよ。いや、『谷川』だったかな。渋川から乗ったから、どちらでもいいんです」

「渋川なら、そうでしょうね」

「あなたが、十二日の『白根5号』に乗ったということは、殺された林一郎さんと、同じ列車に乗ったということでもある」

「それは、こじつけじゃありませんか。まるで、僕が、林先生を殺したようないい方だが、先生が殺されたのは、『谷川5号』と、『白根5号』が、上越線と、吾妻線に分れた渋川の先ででしょう。そうなら、先生が死んだ時、分れた列車にいたことになりますよ」

「正確にいえば、殺された時ではなく、死体が発見された時はです」

と、矢木は、律義《りちぎ》に訂正した。

「どっちでも似たようなものでしょう。それに、僕は、上野から、『白根5号』に乗り、大宮からは、二人の女子大生と一緒だったんです。草津までね。僕に、林先生が殺せないことは、その二人が、証明してくれますよ」

「その女子大生の住所と名前は、わかりますか？」

「ええ。何枚か写真を撮ったので、出来たら送るつもりで、聞いておきました。二人とも埼玉の女性ですが」

仁科は、手帳を出して、その名前と住所を亀井と矢木に教えた。

矢木は、それを、自分の手帳に書き写しながら、

「前田さんを好きですか？」

と、何気ない調子で、きいた。

仁科は、一瞬、言葉に詰った顔になって、

「正直にいえば好きじゃありませんね」

7

矢木と亀井は、二人の女子大生が、草津温泉から自宅に帰っているのを確めてから、埼

玉の大宮へ出かけた。

大宮駅は、東北、上越の両新幹線の始発駅になって、巨大化し、街も、大きくなっている。

それに、今は、この辺から、東京の職場に通って来るサラリーマンも多い。

浅野《あさの》さつきと、沢田美津子《さわだみつこ》という二人の女子大生は、大宮市内の2DKのマンションで共同生活をしていた。

「刑事さんに、訊問されるのって、生れて、初めてだわ」

と、背の高いさつきが、嬉《うれ》しそうにいい、小柄な美津子は、冷蔵庫から、冷えたコーラを出して、グラスに注いでくれた。

五階の部屋で、窓を開けると、涼しい風が、部屋に入ってくる。

「八月十二日に、草津温泉へ行きましたね？」

と、矢木が、きいた。

亀井は、この事件では、あくまで、脇役に廻るつもりなので、訊問は、矢木に任《まか》せていた。

「ええ。行ったわ」

と、さつきがいう。

「大宮から、『白根5号』に乗ったわけですね？」

「ええ」

「車内で、仁科貢という男に会いましたか？」

「ええ。会ったわ。ねえ？」

さつきが、声をかけると、美津子が、

「大宮から乗ったら、もう満席だったんです。そしたら、男の人が、席をかわってくれたんです。ええ。名刺をくれたから覚えてます」

と、いい、仁科の名刺を、机の引出しから出して来て、矢木たちに見せた。

「草津温泉まで、一緒に行ったんですね？」

「ええ。ずっと、列車で一緒で、一緒に、長野原でおりて、バスで、草津温泉まで行きましたわ。途中で、写真を撮ってくれて。出来たら、送って下さるって、いってたんですけど」

「彼は、送るといっていましたよ。あなた方は、前もって、旅館を予約しておいたんですか？」

「ええ。もちろん」

「彼は、どうでしたか？」

「予約してなくて、向うへ行けば、どうにかなるだろうって、いってましたわ。大丈夫だったのかしら？」

「大丈夫だったようですね。それから、彼は長野原までの切符を持っていましたか？　駅で、乗り越しの料金を払っていたんじゃありませんか？」

「いいえ。さっと、切符を渡して、改札口を通って行ったわ」

と、さつきが、答えた。

「本当ですか？」

矢木は、しつこくきいた。

さつきは、外国人みたいに、肩をすくめて、

「嘘なんか、ついてないわ」

「仁科は、ずっと、あなた方と一緒にいましたか？」

「ええ。ずっと一緒だったわ」

「お二人は、大変、仲が良さそうですね？」

「ええ。美津子と一緒だと楽しいわ。気が合うし――ねえ」

と、さつきは、美津子を見た。

美津子は、クスッと笑って、

「性格は、反対みたいですけど、何となく、気が合うんです。ぺちゃくちゃ二人でお喋りしていると、あきないんです」

「今度の旅行の時も、二人で、お喋りを楽しんでいたんじゃありませんか?」

矢木も、ニコニコ笑いながら、きいた。

「ええ。もちろん」

「草津へ行く『白根』の中でもでしょう?」

「ええ」

「渋川で、『谷川』と『白根』が分れるわけだけど、その時、気がついていましたか?」

「彼が教えてくれたから、知っていたわ」

と、さつきが、いった。

「仁科が、教えてくれたんですか?」

「ええ。彼が、教えてくれたの。もう渋川を過ぎたねって」

「あなた方は、渋川を過ぎたのを知らなかったんですか?」

「多分、あの時は、二人は、お喋りに夢中だったのね」

さつきは、あははと、愉快そうに笑った。

「じゃあ、新前橋へ着いた時のことも覚えていないわけですね?」

「新前橋って、どの辺だったっけ？」

と、さつきは、美津子を見た。

「新前橋だから、前橋の近くでしょう」

美津子も、頼りないいい方をした。

「車窓の景色は、見ていなかったんですか？」

矢木がきくと、さつきは、また、大げさに肩をすくめて、

「大宮から乗って、しばらくは、窓の外も見てたけど、途中から、あきちゃって、お喋りばかりしてたわ。私たちは、草津温泉へ行くんで、途中の景色を見るのが目的じゃなかったから――」

「あなた方は、列車の中で、お喋りに夢中だった。とすると、仁科が、傍《そば》からいなくなっていても、気がつかなかったんじゃないかな？　違いますか？」

「そうかも知れないけど、長野原まで一緒だったわ。ねえ」

「ええ。大宮から、長野原まで、ずっと一緒だったと思いますわ。一緒にいましたもの。座席が一つしかなかったんで、時々、交代して、座っていたんですよ」

さつきも、美津子も、そんないい方をした。

どこか、のれんに腕押しの感じだった。

矢木は、黙ってしまい、亀井は、「どうもありがとう」と、二人の女子大生にいった。

8

二人の中年刑事は、駅前のそば屋に入って、早目の夕食に、ざるそばを注文した。

「私は、そばを肴《さかな》に、酒を飲むのが好きなんですが、今は、とうてい、そんな気になれません」

と、矢木が、いった。

「仁科が、犯人と思いますか？」

亀井は、単刀直入《たんとうちょくにゅう》にきいてみた。

「もちろん、あの男が、犯人です」

矢木は、きっぱりといった。

「しかし、群馬県警は、前田哲夫を、犯人と見ているのでしょう？」

「それは、間違っています」

矢木は、頑固にいった。

亀井は、「ふーむ」と、小さく唸《うな》った。

冷静に見て、今の段階では、草津温泉へ行った仁科貢より、前田哲夫の方が、容疑が濃いと、亀井は、思う。

県警が、前田を犯人と見たのは、当然のことだろう。それなのに、この刑事は、それが間違いだという。

（向うでも、煙たがられているかも知れないな）

と、亀井は、思った。しかし、だからといって、矢木というこの刑事が、嫌《きら》いにはならなかった。むしろ、頑固な矢木に、好感を持ったくらいである。亀井にだって、同じような一面があるからだ。

「仁科が犯人だと思う理由は、何ですか？」

と、亀井は、微笑しながら、きいた。

「勝者は、何事にも寛大なものですが、敗者は、それが出来ません。ちょっとしたことで傷つき、相手を憎むものです」

矢木は、運ばれてきたそばを、ぼそぼそ食べながら、いった。

「前田が勝者で、仁科が敗者だということですね？」

「そうです。成功した人間は、少しのことでは、傷つきません。それに反して、いつも挫《ざ》折《せっ》している人間は、ほんの少しのことで傷つきます。これは、冷厳な事実です。私自身は、成功した人間よりも、いつも失敗している人間の方が好きですが」

「でも、仁科が、どうやって、林一郎を殺したか、想像がつきますか？」

「ついています」

「ほう」

亀井は、眼を大きくして、眼の前で、ざるそばを食べている矢木を見た。

「仁科は、十分間の勝負に賭《か》けたんですよ。他に、考えようがありません。私には、わかります。特急『白根』は、『谷川』と併結して、上野を出発します。被害者の林一郎は、『谷川』に乗り、仁科は、『白根』に乗っている。もちろん、仁科は、わざと、『白根』に乗ったのです。線路は、渋川で分岐しているが、列車が、実際に分割するのは、一つ手前の新前橋です。つまり、新前橋から渋川までの十分間、『谷川』と『白根』は、同じ線路を、前後して走るわけですよ。仁科は、それを利用したんです。分割して、先に出発する『谷川』の中で、林一郎を殺し、次の渋川でおりて、あとから来る『白根』に乗り込み、草津温泉へ行ったんです。そのアリバイ作りに、さっきの二人の女子大生を利用したんですよ」

「どうでした？　あの二人は？」

「お話になりません」

矢木は、吐き捨てるようにいった。

「お喋りばかりしていたから？」

「そうです。仁科は、うまい人間を選んだと思いますよ。抜け目がない男です。あの二人は、肝心《かんじん》の十分間、お喋りに夢中で、仁科がいたのかいないのか、全く覚えていない。彼女たちが覚えているのは、大宮から一緒になって、長野原まで一緒だったということだけです」

「しかも、渋川を出たところで、仁科が、声をかけたのは覚えてましたね。渋川を出たのを、仁科に教えられたといっていた」

「仁科は、渋川では、『白根』に乗っていたことを、印象づけたかったんでしょう。うまく、立ち廻ったわけです。しかし、私は、仁科が、渋川を出たところで、二人に、わざわざ声をかけたということで、逆に、彼が犯人だという確信を強めました。普通の男なら、お喋りに夢中の女の子の間に、わざわざ、割り込んでいかないものです」

「しかし、仁科の犯行を証明することは難しいんじゃないですか？　さっきの二人は、あなたのいう十分間、仁科と一緒だったといってはいないが、彼がいなかったともいっていない。裁判になれば、ずっと一緒だったというように証言すると思いますね。事実、大宮で一緒になり、長野原で、一緒におりたわけですからね」

「そうです。ああいう、あいまいな証言を崩すのは、一番難しいと思います。しかし、問題の十分間、仁科が、『白根』にいたという証拠はなかったわけですから、私は、自分の推理に、自信を持っています」

「これから、どうするつもりですか？」

「あの仁科という男に、食いついてやりますよ。まず、長野原に行って来ます」

と、矢木は、食べかけのまま、箸《はし》を置いた。腕時計に眼をやって、

「急げば、『白根7号』に間に合いますので、失礼します」

9

亀井が、あっけにとられているのに構わず、自分のそば代を置くと、そば屋を飛び出した。

大宮駅に駈《か》けつける。一六時五五分、大宮発の「白根7号」に、どうにか、乗ることが出来た。

長野原に着いたのは、一九時二四分である。もう、周囲は、暗くなっている。

矢木は、駅長に会って、協力を求めた。

「八月十二日に、ここでおりた乗客の中に、上野から、終点の万座・鹿沢口までの切符を出した者がいる筈なんです。その切符を探してくれませんか」

と、矢木は、いった。

駅員が、八月十二日分の切符を出してきて、一枚ずつ調べてくれた。

「一枚ありましたが、上野から、同じ料金なので、別に問題はありませんが」

と、駅員が、その切符を、矢木に渡しながらいった。

矢木は、その切符を、丁寧に、ハンカチに包んだ。

これは、仁科が持っていた切符に間違いないのだと思う。彼は、「白根」に乗ってから、自分に都合のいいアリバイ証人を見つけた筈である。

その証人は、どこで降りるかわからないのだから、仁科は、一応、終点までの切符を買った筈だと、矢木は、考えたのである。

その夜、矢木は、草津温泉へ行き、仁科が泊ったという旅館に足を運んだ。

小さな旅館だった。あいにく、部屋が満室だという。

「じゃあ、廊下にでも寝かせてくれ」

と、矢木は、いった。

「でも、お客さんに、申しわけありませんから」

「いや、構わんさ。ふとん部屋でもいい。その代り、こちらの質問に答えて貰いたいんだ。八月十二日に、仁科貢が、泊っているね？」

「ええ。お泊りになりました。名刺を下さったので、よく覚えているんです」

女中は、ニコニコ笑いながらいった。

（名刺をばらまいていやがる）

と、矢木は、苦笑した。

「ここに、二日間、泊ったんだね？」

「はい」

「どんな様子だった？」

「いつも、ニコニコ楽しそうにしていらっしゃいましたわ」

「いつも、ニコニコね」

それは、きっと、計画通り、林一郎を殺せたからだろう。それに、その罪を、前田哲夫にかぶせることに成功したからだ。

「その他に、何か気がついたことはないかね？」

「ちょっと変ったところもおありでしたわ。普通は、草津熱帯園とか、殺生河原《せっしょうがわら》とかを、散歩なさるんですけど、あのお客さんは、ずっと、部屋にいて、よくテレビを見ていらっしゃいましたわ」

「なるほどね」

　矢木は、肯《うなず》いた。成功したが、やはり、その後の警察の動きが、心配だったのだろう。

　その夜、矢木は、ふとん部屋に寝かせて貰った。窮屈な姿勢で眠ったせいか、翌朝、身体中《からだじゅう》が痛かった。

「どうも、申しわけありませんでした」

　と、しきりに詫《わ》びる女中に、矢木は、手を振って、

「私が、突然、やって来たから悪いのさ」

「仁科さんに、お会いになりますか？」

　と、女中が、きいた。

「多分、会うと思うが、何だね？」

「これを、部屋にお忘れになったので、渡して頂きたいと思いまして」

　女中は、ボールペンを、差し出した。平凡な、黒いボールペンだが、そこに、「第九回新宿デザインスクール卒業記念」と、白く、彫ってあった。

「ここに忘れていったことを、仁科に知らせたかね？」

「昨日、お電話してみたんです。名刺がありましたから。でも、お留守らしくて」

「じゃあ、もう電話はしないで欲しい。私が直接、彼に渡すからね」

と、矢木は、いった。

矢木は、そのボールペンを、ハンカチに包んだ。

(これを、生かすことが出来るだろうか?)

10

矢木は、いったん、群馬県警に戻った。

田辺警部は、矢木の顔を見ると、

「どうだね? 納得できたかね?」

と、きいた。

「何がですか?」

「仁科が、ホシではなく、前田哲夫が、犯人だということだよ」

「いいえ、東京で、仁科に会って、ますます、彼が犯人だという確信を持ちました」

「困ったね」

と、田辺は、溜息《ためいき》をついて、

「仁科が、自供したのかね？　それとも、彼が犯人だという証拠でも見つかったのかね？」

「いいえ」

「じゃあ、なぜ、仁科に拘《こだ》わるんだ。県警としては、前田哲夫を、ホシだと考えているんだから」

「仁科が、犯人だからです」

「君。信念だけで、動き廻られては困るんだよ」

田辺は怒ったような声でいった。

「もう一度、東京へ行かせて下さい」

「それで、どうなるんだね？」

「仁科が、林一郎殺しの犯人であることを証明して見せます」

「出来なかったら？」

「どんな処分を受けても、結構です」

「駄目《だめ》だといっても、行く気なんだろう？」

「はい」

「うーん」

と、田辺は、唸ってから、

「仕方がない。もう一度だけ行きたまえ。しかし、私が喜んで許可しているとは思いなさんな」

「もちろん、わかっています」

と、矢木は、いった。自分が、上司に煙たがられていることも、わかっていた。

その日、矢木が、東京に出たのは、昼過ぎである。

警視庁の亀井に電話して、もう一度、つき合って欲しいと頼んだ。

亀井と会って、「どうも、申しわけありません」と、矢木が、いった。

「また、一緒に、仁科に会いに行って貰いたいんです」

「彼が、犯人だという証拠が見つかったんですか？」

「いや、見つかりません。しかし、確信は、一層、強まっています」

「しかし、よく県警が、許可しましたね？」

亀井がいうと、矢木は、笑って、

「これが最後だといわれました」

「それにしても、あなたは、頑固だな」

と、亀井は、呆《あき》れたようにいった。

仁科は、アパートにいた。矢木たちの顔を見ると、

「またですか」

「君が、林一郎を殺したんだ。それは、わかっている」

と、矢木は、いった。

「それなら、逮捕したら、どうですか？　何の証拠もないのに、犯人呼ばわりするのは、人権侵害じゃないのかな。あなたを告訴しますよ」

「君は、新前橋から渋川までの十分間に賭けたんだ。この十分間、君は、『白根』ではなく、『谷川』に乗ったんだよ。その他の二時間二十六分は、君は、『白根』に乗っていたが、十分間だけは、林一郎が乗っていた『谷川』の車内にいたんだ。それが証明されたら、君は、おしまいだぞ」

「じゃあ、証明して下さいよ。大宮の女子大生二人も、僕が、ずっと一緒だったと証言したでしょう？」

「問題の十分間については、彼女たちは、お喋りをしていて、君のことは、覚えていないといっている」

「じゃあ、いなかったという証明でもないわけでしょう？」

「だから、安心しているのかね？　安心できるのかね？」

矢木が、いい返したとき、電話が鳴った。

仁科が、ちらりと、矢木と亀井を見た。

「電話だよ」

と、矢木がいった。

仁科は、受話器を取った。

話しているうちに、仁科の顔色が変った。

「すぐ行きます」

と、いって、電話を切ってから、二人の刑事に向って、

「悪いけど、出かけなきゃなりません」

「どこへ？」

「友人が、交通事故で、入院したんです。すぐ、行ってやらなきゃならないんです」

仁科は、腕時計を見ながら、いった。顔色が、蒼《あお》い。

「それじゃあ、仕方がないな」

矢木は、意外にあっさりと、いい、亀井を促《うなが》して、立ち上った。

外へ出たところで、矢木は、ニヤッと、亀井に笑いかけた。

「どうしたんです？　もう、東京へは来られないんでしょう？　仁科を、腕ずくで押さえ

て、もっと、訊問すると思ったんですがね」

「出かけたいというものを、無理に止めるわけにはいきませんよ」

「ほう」

「私たちも、出かけましょうか」

「出かけるって、どこへですか？」

「新前橋です。今から、タクシーを飛ばせば、一六時二九分上野発の『白根７号』に間に合います」

「いいでしょう」

と、亀井は、いった。

タクシーを止め、上野に走らせた。ホームには、「白根７号」が入っていた。

最後尾の１号車に乗り込み、空いている席に腰を下してから、亀井は、おやっという眼で、前方を見つめた。

「向うの席にいるのは、仁科じゃありませんか？」

「そうらしいですね」

矢木は、とぼけた顔をした。

「彼も、どうやら、新前橋へ行くようですね」

「そうかも知れません」

「こりゃあ、面白《おもしろ》くなりそうだ」

と、亀井は、いった。

11

矢木と、亀井は、新前橋に着くと、警察手帳を見せて、裏から駅舎に入れて貰った。

衝立《ついたて》のかげからのぞくと、仁科が、緊張した顔で、駅員と話していた。

その声が、矢木たちにも聞こえてくる。

「このボールペンですが、あなたのものに間違いありませんね？」

と、駅員が、黒いボールペンを、仁科に見せている。

「卒業記念と書いてあるので、落とした人は、惜しいに違いないと思い、新宿デザインスクールに電話し、いろいろと聞いてみたんです。そうしたら、あなたの名前が出てきたので、お電話したわけです。八月十二日に、こちらの方に、旅行なさったということでしたのでね」

「どこに落ちていたんですか？」

「八月十二日の『谷川5号』のグリーン車の通路です。渋川と、沼田との間を走っているときに、乗客が見つけて、車掌に届けてくれたのです。ああ、丁度、グリーン車のトイレで、林一郎さんという方が殺されているのが見つかった頃です」

「そうですか」

「あなたのものに間違いなければ、これにサインして下さい。拾得場所は、八月十二日の『谷川5号』のグリーン車内の通路。区間は、渋川と沼田との間。それを確認してから、サインをお願いします」

と、駅員は、仁科にいった。

「僕のじゃないといったら、どうなるんですか？」

「そうですね。警察に届けることになると思います」

「なぜ、警察に？」

「八月十二日というと、同じ『谷川5号』の中、それも、グリーン車の中で乗客が殺されていますし、犯人として捕まった人が、新宿デザインスクールの卒業生ということですからね。まあ、このボールペンについている指紋を調べれば、誰のものか、はっきりすると思いますが」

「いや、これは、僕のものです。サインしますよ」

仁科は、あわてていった。

「記入条項を、よく確認してから、サインして下さいよ」

「わかっています」

仁科は、サインすると、奪い取るようにして、ボールペンを、駅員から貰った。

その時、矢木と、亀井が、衝立のかげから、出て行った。

仁科が、ぎょっとして、立ちすくむ。そんな仁科を尻目に、彼のサインした用紙を手に取った。

「おやおや。これでは、君は、八月十二日に、林一郎を殺したと認めているようなものじゃないか。君は、ずっと、『白根』に乗っていたと主張した。しかし、『谷川』の、しかも、林一郎の乗っていたグリーン車に行ったことを認めた。これには、そう書いてある」

「罠《わな》にはめたな！」

仁科は、顔がこわばり、声をふるわせた。

「君だって、友人の前田を罠にはめた筈だよ」

「あいつとは、友人なんかじゃない。だから、罠にはめてやったんだ！」

仁科は、大きな声で、叫んだ。

「わかった。わかった」

と、矢木は、いい、電話を借りると、県警にかけた。

すぐ、パトカーが駈けつけて来て、仁科を連れて行った。

亀井は、変な顔をして、

「なぜ、あなたが連れて行かないんですか？　あなたが、自供させたんだ」

「亀井さんにわざわざ、ここまで来て頂いたんですから、何か、ご馳走《ちそう》したいと思いましてね。大したものは、ご馳走できませんが」

と、矢木が、いった。

「ざるそばでいいですよ。この辺りは、美味《うま》いそばがあるんじゃありませんか」

亀井がいうと、矢木は、ニコニコして、

「実は、この近くに、三色そばの美味い店があるんです。茶切り、ゆずぎり、けしぎりの三つのそばを盛り合せて、六百円なんですよ」

と、嬉しそうにいった。

復讐のスイッチ・バック

1

熊本で、仕事をすませたあと、一日、余裕が出来たので、羽田《はだ》は、阿蘇《あそ》へ寄ってみることにした。

羽田の仕事は、経営コンサルタントである。

十年間、大会社の労務管理をやったあと、独立することを考えて、退職してから、アメリカ、ヨーロッパで、勉強したあと、コンサルタントの看板をかかげた。

中小企業を狙《ねら》って、売り込んだのが成功して、各地から、講演依頼が来るようになったのは、去年の春あたりからである。

まだ四十歳になったばかりで、話も上手《うま》く、海外の情報にも通じているので、羽田の講演には、人気があった。

ただ、日本中を飛び廻《まわ》ることが多くなり、そのせいで、妻との間に、すき間が出来てしまい、今年の二月に、離婚した。

十二歳の一人娘は、母親の方について行ってしまった。それが、今でも、羽田には、辛《つら》い。

阿蘇に行くには、普通、九州横断道路を、バスか、レンタ・カーで走るのが常識である。

特に、別府《べっぷ》側から、由布院《ゆふいん》を経て、やまなみハイウェイで、阿蘇へ行く人が多い。

だが、羽田は、列車にすることにした。

彼は、自分で車も運転するのだが、時々、バスに酔うことがあったからである。理由はわからない。

熊本で、ゆっくり昼食をすませてから、羽田は、一四時〇六分熊本発の急行「火《ひ》の山《やま》5号」に乗った。

この列車は、九州の中央を横断する豊肥《ほうひ》本線を走り、終点の別府には一七時四〇分に着く。

羽田は、阿蘇で降りるつもりである。阿蘇着は、一五時二四分だった。

豊肥本線は、九州の東側と西側をつなぐ幹線の筈《はず》だが、実際には、単線、非電化で、羽田の乗った急行も、わずか四両連結の気動車である。

それでも、急行らしく、四両の中に、一両、グリーン車が連結されている。

羽田は、もし、混んでいたら、グリーン車に切りかえようと思い、先頭の1号車に乗ったのだが、車内は、がらがらだった。

座席は、向い合う恰好《かっこう》の四人一組の形になっていた。

羽田は、中ほどの座席に腰を下したが、そのコーナーには、向い側に、若い女が、一人座っているだけだった。

道路が、完備されていなかった頃は、阿蘇観光の乗客で賑《にぎ》わったといわれる豊肥本線だが、やまなみハイウェイを始めとする道路網が整備されたから、客を、バスにとられてしまうのだろう。

これでは、2号車のグリーンは、乗客は、ゼロに近いのではあるまいか。

そんなことを考えているうちに、だいだい色の車体に、赤い線の入った急行「火の山」は、定刻に、熊本駅を発車した。

気動車特有のエンジン音が、聞こえてくる。

熊本市内を抜け、公園で有名な水前寺《すいぜんじ》駅に停車したあと、列車は、熊本平野にかかる。

写真が趣味の羽田は、愛用のカメラに、カラーフィルムを入れて、窓の外に眼をやった。

間もなく、阿蘇の外輪山が、近づいてくる筈である。

国道57号線が、横を走っている。列車からは見えないが、四キロほど向うに、熊本空港がある筈だった。

羽田は、一度、冬の九州に来たことがあり、そのとき、飛行機で、熊本へのルートをとったのだが、熊本空港から見た、雪をかぶった阿蘇の外輪山の美しさに見とれたことがある。

羽田は、それを思い出していた。

肥後大津《ひごおおづ》着。熊本空港へは、ここからが、近い。

羽田は、ふと、眼の前にいる女に、眼を戻した。

急行「火の山」は、熊本の手前の三角《みすみ》が、始発駅である。面白《おもしろ》いことに、三角から熊本までは、普通列車で、熊本から急行になる。

羽田が、乗り込んだときは、もう、腰を下していたから、三角線のどこかから、乗って来たのだろう。

年齢は二十七、八歳だろうか。美しい顔立ちだが、羽田が気になったのは、そのせいではない。さっきから、ずっと、物思いにふけっている感じだったからである。

普通のOLという感じはしなかった。家庭の主婦という気もしない。何か、独立して、仕事をしているキャリア・ウーマンのように見える。

(何を考えているのだろうか?)

と、あれこれ、想像しているうちに、列車は、次第に、登りになってきた。

気動車だから、エンジンを全開にすると、急に、音がやかましくなってくる。

羽田は、窓を開けて、近づいてくる外輪山の山脈《やまなみ》に、眼をやった。

列車は、急勾配《こうばい》に喘《あえ》ぎ、スピードが落ちる。自転車ぐらいの速さになっている。

阿蘇への入口である立野《たての》に着いた。

2

海抜二百七十七メートルにある駅で、ここから、高千穂《たかちほ》方面へ行く高森《たかもり》線が出ているが、この立野駅が有名なのは、スイッチ・バックの駅だということである。

一〇〇〇分の三三という急勾配の途中にある駅で、ここから先は、列車が、Z字形に、スイッチ・バックで、登って行く。

単線の豊肥本線は、この立野で、上りと下りが、すれ違うので、急行「火の山5号」も、七分間停車である。

停車して、ドアが開くと、羽田は、カメラを持って、ホームにおりた。

七分間停車というので、羽田の他《ほか》にも、ホームにおりて、伸びをしたりしている乗客がいた。

ここから、東に二キロのところに、戸下《とした》温泉があるので、ホームには、「歓迎、南阿蘇温泉郷」の立看板が見える。

眼の前には、外輪山の急斜面が迫って、段々畠《だんだんばたけ》が、点在している。

羽田が、そんなまわりの景色を、カメラにおさめている間に、スイッチ・バックで、おりて来た上りの普通列車が、ホームの反対側に入って来た。

交換の形で、「火の山5号」は、逆方向に動き出した。

三百メートルばかり西側の端までゆっくりと走って、停車する。次は、ポイントを切りかえて、再び逆方向に、勾配を登って行くわけである。

スイッチ・バックの西端に、三十秒ほど停車して、信号が変るのを待つ。

山側は、景色が単調で、谷側が、素晴らしい。

羽田は谷側の座席に移って、窓の外に、カメラを向けた。

熊本平野が、眼下に広がっている。

ここまで、列車が登って来たことを証明するように、白川《しらかわ》の峡谷や、そこに設けられた発電所の巨大なパイプが、眼の下に見えて、楽しい。

羽田が、何枚も、写しているうちに、信号が変り、「火の山5号」は、逆方向に動き出した。

Z字形に登って行くので、今、走って来た線路や、立野の駅が、右下に見える。

他の乗客も、みんな、谷側の座席に移って、景色を楽しんでいる。

急坂を登り、トンネルを抜けると、もう、阿蘇である。

やがて、阿蘇の入口である赤水《あかみず》駅に着いた。

ここは、海抜四百六十七メートル。すでに、外輪山の中に入っている。西の登山口でもあるので、ここで、何人かの若者が、おりて行った。

ここからは、進行方向に対して、右手より、左手の方が、景色が美しくなってくる。

羽田は、元の座席に戻った。

「写真を撮《と》りたいので、ちょっと、失礼しますよ」

と、羽田は、向い合って座っている女にいい、窓を大きく開けた。

女は、黙っている。

緑のない外輪山の壁が、連なって、素晴らしい眺《なが》めを見せている。

阿蘇でなければ、見られない、日本離れした景色である。

列車は、火口原の中を走る。

小さな無人駅を通過した。

間もなく、羽田のおりる阿蘇に着く。

網棚《あみだな》から、ボストンバッグをおろし、向いの席の女に、

「窓を閉めておきましょうか?」

と、声をかけた。

親切心もあったが、旅先で会った女性と、軽い会話をしてみたかったこともある。

だが、相手は、俯《うつむ》いたまま、返事をしなかった。

(眠っているのか?)

と、思い、窓を閉め、通路に出ようとしたとき、手に持ったボストンバッグが、女の身体《からだ》にぶつかった。

「あッ、失礼!」

と、羽田がいった。

女の身体が、ふらっと、床に倒れて、転がった。

(そんなに強く当った筈はないんだが――)

と、羽田は、思い、ボストンバッグを通路に置いて、

「大丈夫ですか?」

と、声をかけた。

女は、床に転がったまま動かない。

羽田の顔色が、変った。

（死んでるのか？）

3

羽田は、あわてて、グリーン車にいる車掌を呼んで来た。

車掌が、倒れている女を抱き起こして、声をかけながら、身体をゆすったが、反応がない。

顔は、土気色《つちけ》で、両手も、だらんとしてしまっている。

車掌は、女の手首をおさえて、脈をみた。

何回も、同じことを繰り返してから、

「まずいな。死んでいるみたいですね」

と、羽田にいった。

「――」

羽田が、どういっていいかわからずに、黙っていると、

「あなたのお連れですか？」

と、車掌がきく。

騒ぎに気付いて、他の乗客も、集って来た。

羽田は、そんな乗客を見廻しながら、

「偶然、僕の前の席にいただけの女性ですよ」

「次の阿蘇駅で、警察に届けなければなりませんから、あなたも、一緒におりて下さい」

「僕は、これから、阿蘇の見物に行くんです」

「そんなに時間はかからないと思います。一緒に、警察で、事情を説明して下さればいいんですから」

「車掌のあなたが、説明すればいいじゃありませんか」

羽田がいうと、車掌は、手を振って、

「それは、駄目《だめ》ですよ。私は、この女の人が死ぬところは、見ていませんから」

「僕だって、死ぬ瞬間なんか、見ていない。気がついたら、倒れていたんだ」

「それなら、その通り、警察でいって下さればいいんです」

車掌は、頑固《がんこ》にいった。

阿蘇に、着いた。

車掌が、すぐ、駅舎に連絡をして、駅員が駈《か》けつけて来た。

事故があったので、しばらく、停車しますとアナウンスしている。

警官もやって来た。

制服の警官だから、派出所から、飛んで来たのだろう。

仕方なく、羽田は、事情を説明した。といっても、ボストンバッグが、当ったら、突然、相手が、床に転げ落ちたとしか説明しようがなかった。

「とにかく、遺体をおろして下さい。他の乗客のことも考えなきゃなりませんから」

と、車掌が、警官にいった。

駅員と、車掌が、遺体と、彼女の持ち物の小さなスーツケースを、ホームにおろした。

「あなたには、もう一度、警察で、証言して貰《もら》いますよ」

警官が、羽田にいった。否応《いやおう》のないいい方だった。

「僕だって、忙しいんですがね」

と、羽田は、いった。

「すぐに、すみますよ」

中年の警官は、事もなげにいった。

だが、簡単には、すまなかった。

4

遺体が、駅前の病院に運ばれて、医者が診たところ、脳溢血《のういっけつ》や、心臓麻痺《まひ》ではなく、毒死の疑いが出て来たからだった。

「間違いなく、青酸中毒ですね」

と、医者は、いった。

とたんに、警官は、態度が変ってしまった。

すぐ、県警本部に電話をかけると共に、羽田に対しても、犯人でも見るような眼つきになった。

「あなたの名前から、いって貰いましょうか」

と、警官は、じろりと、羽田を睨《にら》んだ。

「羽田明《あきら》。四十歳。東京の人間で、職業は経営コンサルタントですよ」

と、羽田は、いってから、

「いっておきますが、僕は、事件には、何の関係もありませんよ。列車の中で、初めて会った女性で、名前も知らないんですから」

「これは、殺人の疑いが、濃くなったんです」

「関係ないですよ。僕が殺したわけじゃないんだから」

「それは、これから調べれば、わかることです」

「調べるって、すぐ、帰らせて貰えるんじゃないんですか？」

「とんでもない。県警本部から、調べに来るまで、ここにいて貰いますよ」

警官は、険《けわ》しい顔付きでいった。

羽田は、阿蘇派出所で、二時間近く待たされた。

熊本県警から、刑事たちが、車を飛ばして、やって来た。

その一人が、「三浦《みうら》です」と、羽田にいってから、

「事情を説明して頂きましょうか？」

「もう、何回も、話しましたよ。この派出所のお巡《まわ》りさんにね」

「だいたいのところは、聞きましたよ。しかし、どうも、はっきりしないところがあるんですよ」

「どこがですか？」

「亡《な》くなった女性は、持っていた運転免許証から、清村《きよむら》ゆきさん、二十八歳です。住所は東京です」

「僕と関係ありませんよ」

「三角から、別府までの切符を持っています」

「僕は、この阿蘇までですよ。それだけでも、無関係だってことが、わかるでしょう？」

「いや」

「なぜです？」

「彼女は、毒死です。車内で、毒を飲んだか、飲まされたことは間違いない。前に座っていたあなたが、それに気付かないのは、ちょっと、おかしいと思うのですがねえ」

三浦という三十二、三歳の刑事は、ねちねちした感じで、質問した。

「僕は、写真が趣味で、反対側の窓から、景色を撮っていたんです。その間に、毒を飲んだのなら、気がつかないのが、当然じゃないですか」

「熊本から乗ったんでしたね？」

「そうですよ」

「座席に腰を下したら、前に、彼女が、座っていた？」

「ええ」

「その時は、生きていたんですね？」

「話はしませんでしたが、死んではいませんでしたよ」

「どんな様子でした？」

「何か、物思いにふけっているみたいでしたね」

「それから、どうしたんですか？」

「立野駅から、反対側の窓からの景色がいいので、今もいったように、通路の反対側に移って、景色を撮っていたんです。疑うのなら、僕の撮ったフィルムを現像して、見て下さい」

「その間、彼女を見ていなかった？」

「ええ」

「阿蘇の近くへ来て、前の座席に戻った？」

「赤水駅でです。その時も、まさか、死んでるとは思っていませんでしたよ。阿蘇の駅が近づいたので、網棚から、ボストンバッグをおろして、おりようとしたとき、ボストンバッグが、彼女の身体に当って、突然、彼女が床に倒れたんです。それで、あわてて、車掌に知らせました。僕が犯人だったら、車掌には知らせず、黙って、おりてしまってますよ」

「すると、列車が、赤水に着いたときには、もう、死んでいたということですか？」

「そう思いますね」

「立野までは、生きていた?」

「と、思いますがね」

「しかし、彼女が、毒を飲むところも、飲まされるところも、見ていない?」

「ええ」

「ふーん」

三浦刑事は、鼻を鳴らした。

羽田は、いらいらしてきた。

「もう、他に、話すことは、何もありませんよ。帰っていいでしょう? 東京の住所と、電話番号を教えておきますから、何かあったら、連絡して下さい」

「今、あなたが話してくれたことが、事実だという証拠は、どこにもない」

「え?」

「車内は、混んでたんですか?」

「いや。すいてましたよ。二十人ぐらいしか乗ってなかったんじゃないかな」

「じゃあ、ばらばらでしたね」

「ええ」

「あなたと、被害者のことを見ていた人はいなかったことになる」

「どういうことですか？」

「つまり、あなたのいうことが、本当かどうか、わからないということですよ」

「冗談じゃない！」

と、思わず、羽田が、叫んだ。

「こちらだって、冗談でいってるわけじゃありませんよ」

三浦刑事は、冷たくいった。明らかに、この刑事は、羽田を疑っているのだ。

「僕は、どうすればいいんですか？」

「今日は、ここの旅館に泊って貰います。その世話は、警察でしますよ。遺体を解剖して、正確な死因や、死亡時刻がわかったら、もう一度、あなたに、聞かなければならないかも知れませんのでね」

5

その日は、警察が世話してくれた旅館に泊ることになった。

阿蘇駅前には、観光客目当ての土産物店や旅館が並んでいる。

その一軒だった。

（どこに災難が転がってるか、わからないな）

と、思いながら、羽田は、旅館に入った。

女が床に転がったとき、車掌なんかに知らせず、放《ほう》っておいて、おりてしまえばよかったのだ。

なまじ、親切心と、義務感を持ったせいで、ここで、一泊しなければならない破目《はめ》になってしまった。

夕食を運んで来た女中は、話好きらしく、ご飯をよそってくれながら、

「今日の列車の中で、大変なことが起きたんですってねえ。女の人が、殺されたって聞いてますけど、本当なんでしょうかしら」

「本当だよ。僕は、その列車に乗ってたんだ」

羽田がいうと、女中は、「へえ」と、眼を丸くして、

「そりゃあ、大変な目にあいましたねえ」

「そうなんだ。同じ車両に乗っていたというんで、参考人として、ここへ止められちまったんだよ。ついてないね」

「でも、今頃の阿蘇は素敵ですよ。いいチャンスにして、見物なさっていかれたら、いいと思いますよ」

女中は、三月末の阿蘇が、どんなに素晴らしいか、いろいろと話してくれた。

「そうだねえ。明日は、歩いてくるかな。警察が、許可してくれればだが」

羽田が、笑っていうと、女中は、急に、内緒話でもするように、声をひそめて、

「殺された女の人ですけどね」

「ああ」

「東京の人で、名前は、清村ゆきさんていうんですってね」

「よく知ってるねえ」

「狭い町だし、うちは、食堂もやってるから、駅の人とか、警察の人が、よく、食事に来るんですよ」

「なるほど。そんな時、耳をすませていると、自然に、聞こえて来るわけだね」

「ええ。亡くなった女の人って、美人なんですってね？」

「ああ、なかなかきれいな人だったよ」

「同じ人じゃないかと思うんですけど、清村ゆきさんて人が、去年、この旅館に泊ってるんですよ」

「本当？」

「そうだと思うんですよ。お帳場の人なんかとも話してたんですけど、どうも、去年の秋

に、いらっしゃった方のような気がするんです」

「名前は、同じなの？」

「ええ」

「警察にいったの？」

「うちのおかみさんが、電話で知らせてたみたいですよ。だから、今日も、阿蘇でおりて、うちへいらっしゃる予定じゃなかったかと、みんなで、いってたんですけどね」

「そりゃあ、違う人じゃないかな。警察の話だと、三角から、終点の別府までの切符を持っていたそうだから」

「でも、だからといって、まっすぐ、別府へ行く予定だったかどうか、わかりませんよ。途中下車は、出来るんですから」

と、女中は、いった。

羽田は、「そうか」と、笑って、

「途中下車が出来るんだな」

「そうですよ」

「去年の秋に来た時は、ひとりだったの？」

羽田がきくと、女中は、笑って、

「もちろん、男の方と一緒でしたよ」

「もちろんか」

「そりゃあ、おひとりで、阿蘇に見物にいらっしゃる方もいますけど」

女中は、あわてて、付け加えた。

「僕に気を使わなくたっていいよ。どんな男の人だった？」

「それが、中年の人でしたよ。四十七、八歳の方で、宿帳には、石田雄一郎《いしだゆういちろう》と、書いてありましたけど、あれは、偽名だと思いますわ。女の方は、本名だと思いましたけど」

「なぜ、男が、偽名だと思ったんだ？」

羽田がきくと、女中は、お茶を注《つ》いでくれてから、

「女の人が、別の名前で呼んでましたもの」

「そうか。そういうところも、ちゃんと、見てるんだねえ。二十代の女性と四十代の男じゃあ、普通なら夫婦とは思えないね」

「ええ」

「君は、なかなか、観察眼が鋭いけど、二人は、どんな風な関係に見えた？」

羽田は、興味を感じて、きいてみた。

「いろいろ、考えましたよ」

と、女中は、楽しそうに、膝《ひざ》を乗り出して、

「最初は、どこかの会社の社長さんと、秘書か何かかと思ったんですよ。よく、ドラマなんかに出て来るでしょう？　社長さんと、美人秘書の関係なんて」

「違ってたの？」

「女の人が、男の人のことを、名前で呼んだり、他に、先生って、呼んでたんですよ。社長さんのことは、先生って、呼ばないでしょう？　違います？」

「そうだな。呼ばないだろうね。だが、先生というのは、範囲が広いからねえ。最近は、誰でも、先生と呼ぶからなあ」

羽田が、苦笑したのは、自分も、先生と呼ばれることが、多かったからである。

今は、学校の教師はもろちん、政治家も、タレントも、先生と呼ばれる世の中である。

羽田は、「火の山5号」の中で会った女の顔を思い出していた。

確かに、魅力的な女性だった。美人だっただけではなく、どこか、影のある感じだったから、余計に、魅力的に見えたのだろう。

年齢に差のある男との情事が、いかにも、似合いそうな感じだったとも思う。

(そんな情事の果てに、あの女は、殺されたのだろうか？)

6

翌日、昼近くなって、昨日の三浦刑事が、やって来た。

二階の窓際《まどぎわ》の応接室で会った。

窓の向うに、阿蘇の火口からの噴煙が見える。

「解剖の結果が、わかりましたよ」

と、三浦は、意外に、丁寧な口調でいった。羽田が、シロだとわかったからなのか、それとも、何か、思惑《おもわく》があるのか、わからなかった。

あの女中が、お茶を運んで来て、ちらりと、羽田と、刑事の顔色を見ていった。

「やっぱり、青酸カリで、死んだんですか?」

羽田は、煙草《たばこ》に火をつけた。

「そうです。青酸中毒死です。ところが、ただの中毒死ではないのです」

「と、いいますと?」

「青酸を、口から飲んだのではなく、注射された形跡があります。胃の中に、青酸は残っていなくて、血液中に入っていたからですよ」

「すると、完全に、殺人ですね？」

「でしょうね。自殺するのに、自分の腕に、青酸を注射するというのは、ちょっと、考えられませんからね」

「腕に、注射の痕《あと》が、見つかったんですか？」

「左手の甲から、五、六センチ上のところに、注射の痕が見つかりました。注射されたのか、青酸を塗った針で刺されたのかわかりませんが、いずれにしろ、左手を刺されたことは、間違いありませんね」

「しかし、刑事さん。車内で、そんなことが行われたら、誰かが、気付くんじゃありませんかね」

羽田は、車内の様子を思い浮べた。

乗客が、ぱらぱらの車内。それに、谷側の景色に、みんなが気を取られていた。だからこそ、車内で、彼女が死んだのに気がつかなかったのだが、しかし、犯人は、腕をつかんで、注射したことになる。そんなことが、出来るものだろうか？

なぜ、彼女は、嫌《いや》がらなかったのか？　抵抗しなかったのか？

「そこがわからないので、あなたの意見を聞きたいのですよ」

「といっても、僕は、気がつかなかったんですからね。しかし、どんな状態で、犯人は、青酸を注射したわけですか?」

羽田がきくと、三浦刑事は、

「左手を出して下さい」

「こうですか?」

羽田が、左手を突き出すと、三浦は、手首をつかんで、押さえつけるようにしながら、ボールペンで、前腕部のあたりを、刺す恰好をした。

「多分、こんな感じで、刺したんだと思っています。だから、注射をしたというより、青酸を塗った針で、刺したんだと思いますね」

「すると、犯人は、彼女の前に座っていて、左手をつかんで、引き寄せたことになりますね」

「そうです。ところで、あの列車の中で、被害者の前に座っていたのは、あなたですね?」

「ちょっと待って下さいよ」

羽田は、あわてて、手を振った。

「僕は、そんなことはしませんよ。第一、彼女とは、車内で、初めて会ったんですからね」

「それは、東京の警視庁に依頼して、調べて貰うことにしますが、同じ車内で、様子のおかしい乗客は、いませんでしたか？」

「いや、気がつきませんでした。犯人が、彼女の前に座って、手をつかんだりしたら、彼女が、騒ぐんじゃありませんか？　僕は、反対側の窓から、外の景色を撮っていましたが、それでも、気がついたんじゃないかな」

「そう思いますか？」

「ええ」

と、羽田は、肯《うなず》いてから、

「犯人は、僕が、騒ぐ前に、列車から、おりてしまったんじゃないですかね」

「どこでですか？」

「阿蘇の手前の何といったかな——」

「赤水ですね」

「そうです。赤水。あそこは、阿蘇の西の登山口だから、何人かおりましたよ。立野では、まだ、彼女は生きていました。僕が、ホームにおりて、ちらりと見たときは、窓の外を、じっと見ていたんだから、間違いありません。だから、犯人は、立野を出てから、殺したんだと思いますよ。そして、次の赤水で、さっさと、おりてしまったんじゃありませんかね。僕が犯人なら、そうしますよ」

「われわれも、その可能性があると思って、急行『火の山5号』から、赤水でおりた乗客を、追いかけてみましたよ」

「それで、わかったんですか？」

羽田がきくと、三浦刑事は、得意そうに、

「わかりましたよ。『火の山5号』から、赤水でおりた乗客は、全部で十二人で、全員の足取りをつかめました。東京の人間が三人、あとは、関西や、地元の九州の人間です」

「その中に、四十代の男はいませんでしたか？」

羽田がきくと、三浦は、笑って、

「ここの女中さんに話を聞きましたね？」

「そうです。その男は、有力容疑者じゃありませんか？」

「しかし、十二人の中に、中年の男はいませんでしたよ。全員が、十代から二十代の若者です。それから、赤水以後の乗客のことも調べましたがね。それらしい中年の乗客は、いませんでしたよ」

「そうですか」

「となると、やはり、あなたに、いろいろと、おききしなければならなくなりましてね」

と、三浦は、いった。

やはり、羽田のことを疑っているのだ。

羽田は、ぶぜんとしながら、

「僕は、話すことは、全《すべ》て話しましたよ」

「そうかも知れませんが、あなたは、車内で、被害者の一番近くにいたことになる。あなたが、やったとは思いませんが、気付かずに、犯人を見ているかも知れないんです。だから、思い出して欲しいのですよ。車内に、挙動のおかしい人物がいなかったかどうか」

三浦は、ねちっこくきいた。

「覚えていませんねえ。そんな乗客は、いなかったんじゃありませんか」

羽田が、いったとき、若い刑事が、あがって来て、三浦の耳元で、何かささやき、小さなガラスケースを、手渡して、帰って行った。

三浦は、眼を光らせて、羽田を見た。

「これを見て下さい」

と、三浦は、ガラスケースを、羽田の前に押し出した。

その中に、長さ五、六センチの太目の針が入っていた。

「これが、凶器ですか？」

「そうです。その先に、青酸が塗られていることがわかったんですよ。犯人は、それを、被害者の前腕部に突き刺して、殺したんです」

「どこにあったんですか？」

羽田がきくと、三浦刑事は、

「どこで見つかったと思いますか？」

と、きき返した。それで、羽田には、およその見当がついた。

「彼女の座席の近くですか？」

「そうです。つまり、あなたの座席の近くということでもあるわけですよ」

「ねえ、刑事さん。僕が犯人なら、凶器を、わざわざ、自分の近くに捨てたりはしませんよ。刺してから、すぐ、窓の外に捨ててしまいますよ。走ってる車内から捨てれば、こんな針は、どこへ行ったか、わからなくなりますからね」

「われわれは、そうは考えないんですよ」

三浦刑事は、肩をすくめて見せた。

「どう考えるというんですか？」

「犯人は、被害者の腕に、青酸を塗った針を刺した。被害者は、驚いて、腕を引っ込めた。その時、針は、突き刺さったままだったと、われわれは考えているんです。被害者は、自分の腕に刺さっている針を抜いて、床に捨てた。当然の反応です。犯人は、あわて、落ちた針を拾おうとしたが、こんな小さなものですからね。見つからなかった。いつまでも、這《は》いずり廻って、捜していたら、他の乗客に怪しまれる。そこで、犯人は、拾うのを、諦《あき》らめたわけですよ」

7

明らかに、三浦刑事は、羽田を疑っている。

それでも、羽田の、東京での連絡先を確認してから、帰って行った。一緒に、近くの本屋に行き、羽田が書いた経営戦略の本を示して、住所や名前が、間違いないことを、わかって貰ってからである。

阿蘇の火口を見物する気もなくなり、羽田は、早々に、東京に帰ることにした。旅館で、車を呼んで貰い、別府まで、飛ばして貰った。列車をやめたのは、嫌な思いが残っていたからである。

東京に帰ってからも、事件のことは、気になっていたが、熊本県警からは、問い合せの電話も来なかった。

(どうやら、自分に対する疑いは、晴れたらしい)

と、思い、都内の講演や、頼まれた原稿などを書いていたが、事件が起きて三日目の午前十時頃、二人の刑事が、羽田のマンションを訪ねて来た。

警視庁捜査一課の十津川《とつがわ》という警部と、亀井《かめい》という刑事だった。

阿蘇での事件のことでといわれて、羽田は、首をかしげた。

「あれは、熊本県警の問題じゃないんですか?」

「そうですが、被害者が、東京の人間ということで、われわれも、協力しているわけです」

と、十津川警部が、いった。

羽田は、コーヒーを二人にすすめてから、

「まだ、犯人が見つからないんですか?」

「それで、熊本県警も、困っているわけです」

「しかし、犯人は、あの列車に乗っていたんだから、目星《めぼし》はつくんじゃありませんか」

「当日の『火の山5号』は、乗車率が二十パーセントでしたので、すぐ国鉄にも協力して貰い、乗客全員の住所と名前がわかりました。ところが、各県警が協力して、一人一人についていて、調べていったんですが、何らかの意味で、被害者とつながる人間は、ひとりもいないのです。あなたも含めてですが」

「被害者は、確か、清村さんという名前でしたね？」

「そうです。清村ゆきさんです。世田谷《せたがや》のマンションに、一人暮しです」

傍《そば》から、亀井刑事が、いった。

「どんな女性だったんですか？」

羽田は、改めて、事件の日のことを思い出しながら、二人にきいた。

亀井は、手帳を取り出して、それを見ながら、

「年齢二十八歳。M商事の管理部長秘書をやっていました。二十四歳の時、結婚しましたが、一年で別れています」

「その管理部長の名前は、何というんですか？」

羽田がきくと、十津川は、微笑して、

「ああ、去年の秋に、被害者と、阿蘇の旅館に泊った中年男のことを、おっしゃってるんですね」

「そうです。まともな夫婦とは思えないし、恋愛のもつれからの殺人というケースだって考えられますからね。ただ、女中さんの話では、被害者は、男のことを、先生と呼んでいたといいますから、違うような気もするんですが」

「管理部長の名前は、青木徹《あおきとおる》です。年齢は四十九歳。年齢は、だいたい合っていますが、われわれが調べたところでは、二人の間に、関係があったとは、思えません。もちろん、念のために、青木部長の写真を、熊本県警に電送して、調べて貰いますがね。それより、この写真を見て下さい」

十津川は、一枚の顔写真を、羽田に見せた。

三十七、八歳の女の写真だった。どちらかといえば、古風な顔立ちである。だが、細い眼には、意志の強さのようなものが感じられた。

「誰ですか？　この女性は」

と、羽田は、きいた。

「名前は、今はいえませんが、その女性を、事件の日に、どこかで見ませんでしたか？」

「いや。見ませんでしたね。しかし、警部さん。あの日の『火の山5号』に乗っていた乗客は、全部チェック出来たわけでしょう？　それなら、この女性が、乗っていたかどうかわかるんじゃありませんか？」

「乗ってはいません」

「それなら、犯人じゃありませんよ」

「しかし、立野という駅では、七分間停車したわけでしょう？　ホームにいて、その七分間に殺したのかも知れません」

「七分間にですか？」

「そうです。豊肥本線の時刻表を見たのですが、一番停車時間の長いのが、立野の七分です。次は、豊後竹田《ぶんごたけた》の二分です。急行『火の山5号』は、三角が始発で、熊本では、十一分間停車して、実際には、ここが一番長いわけですが、被害者は、熊本では、殺されていない。とすると、犯人は、立野で、急行『火の山5号』が来るのを待っていたと思うのですよ。入場券で、ホームに入ったのか、或《あ》るいは、別の列車で来て、残っていたのかも知れない。とにかく、七分間という時間が、必要だったのではないかと思います。立野のホームでは、乗客は、どうしていました？　車内で、大人《おとな》しく、発車を待っていましたか？」

「もう春ですからね。ホームに降りて、伸びをしたり、スイッチ・バックを見たりしている乗客もいましたね。僕も、ホームにおりて、写真を撮っていましたが」

「それなら、犯人には、チャンスがあったわけです。被害者のまわりに、他の乗客がいないのを見はからって、乗り込み、青酸を塗った針で前腕部を刺して、素早く、おりてしまう。入場券で入ったのなら、駅を出てしまえばいいし、熊本方向の切符を買ってあれば、丁度来た上りの列車に乗ってしまえばいい」

「なるほど」

と、羽田は、感心したが、すぐ、首をかしげて、

「前から、疑問があったんですが、構いませんか」

「いいですよ。疑問があれば、何でもいって下さい。われわれより、あなたの方が、現場をよく知っているわけですからね」

十津川は、微笑した。

「僕は、犯人が、なぜ、針の先に青酸を塗るといった凶器を使ったのかわからないんです。なぜ、ナイフで刺さなかったんでしょうか？」

「それは、針の方が、静かに殺せるからじゃないですかね。それに、凶器も処分しやすい。血も出ない。そんな理由で、ナイフを使わなかったんだと思いますが」

「そこは、少し違うと思うんです。素人《しろうと》の僕がいうのは、僭越《せんえつ》かも知れませんが」

「どうぞ。いって下さい」

「今、警部さんは、針の方が処分しやすいといいましたが、青酸を塗った針ですからね。下手をして、自分に刺さったら大変なことです。持って歩くのも注意が必要で、怖いですよ。それに、刺した場所が問題だと思うんです。背後から近寄って、首筋に刺すというのならわかりますが、腕に刺している。向うの刑事さんもいっていましたが、犯人は、被害者の手首をつかんで、押さえておいて、腕に刺したと思われるわけです。そんな面倒なこ

とをするのなら、ナイフで、いきなり、背後や、横から刺した方が、ずっと、楽なんじゃありませんか？」

「なるほどねえ」

十津川に感心されて、羽田は、かえって、照れてしまった。

「これは、あくまでも、素人の考えですから」

「いや、確かに、凶器は問題ですね。なぜ、ナイフを使わなかったのか、そこに、事件を解くカギがありそうな気がして来ましたよ」

十津川は、真顔で、いった。

8

二人の刑事が帰ってしまったあと、羽田は、自分で持ち出した疑問を、自分で、持て余して、考え込んでしまった。

犯人が、なぜ、ナイフを使わなかったのか、それが、いくら考えても、わからない。

（自分が、犯人なら——）

と、考えてみる。

針に、青酸を塗って、それで、腕を刺すなどという面倒くさいことはやらないだろう。ナイフで刺すか、スパナで、殴りつけると思う。

しばらく考えたが、結局、答が見つからず、頼まれた講演に、出かけた。

講演先で、夕食をご馳走《ちそう》になり、クラブを一軒つき合って、自宅マンションに帰ったのは、午後十一時を過ぎていた。

酔いが残っていて、機械的に、ドアを開けて、中に入った。

(おや?)

と、思ったのは、入ってしまってからである。

(電気をつけて、外出したのかな?)

その瞬間、思いっきり、後頭部を殴られて、羽田は、その場に、昏倒《こんとう》してしまった。

何時間、気絶していたのかわからない。眼を開け、頭の痛さに、顔をしかめながら、電話のところまで歩いて行き、一一〇番した。

パトカーと、救急車が来てくれて、羽田は、治療のために、近くの救急病院に運ばれた。

十津川警部と、亀井刑事が、飛んで来たのは、一時間もしないうちだった。

頭に包帯を巻かれている羽田を見て、

「大丈夫ですか?」

と、きいてから、十津川は、

「あなたが、殴られたと聞いて、ひょっとしてと思いましてね」

「阿蘇の事件のせいで、僕が、やられたと思われたんですか?」

「そうです」

「しかし、僕は、犯人を見てないんですよ」

「熊本県警の話では、あなたは、写真が趣味で、阿蘇でも、写真を撮られたということですが?」

「ええ。撮りました」

「今夜の犯人は、その写真を狙って、忍び込んだのかも知れませんよ」

「しかし、犯人なんか、写していませんがねえ」

「調べてくれませんか」

「いいでしょう。これから帰って、調べてみます」

「頭は大丈夫ですか?」

十津川は、心配して、きいた。

羽田は、包帯の上から、そっと、なぜて、

「もう大丈夫です」

羽田は、十津川たちと、マンションに帰った。

机の引出しや、洋ダンスの引出しを調べてみる。金や、預金通帳は、盗《と》られていなかった。しかし――

「警部さんのいう通りです」

と、羽田は、十津川にいった。

「やっぱり、写真ですか？」

「あの日、阿蘇で撮った写真が、失くなっています。現像して、引き伸したやつが、全部失くなっています」

と、いってから、羽田は、ニヤッと笑った。

「しかし、ネガは無事です。別のところへ入れておいたのを、犯人が見つける前に、僕が帰宅してしまったんでしょう」

「それを見たいですね」

「僕が、これから、引き伸しましょう。器具は、全部、揃《そろ》っていますから」

羽田は、十津川と亀井に、コーヒーをいれてやってから、問題のネガを取り出した。

あの日は、途中で、事件に巻き込まれてしまったので、十八枚しか写してなかった。

その全部を、ハガキ大に引き伸して、十津川たちに見せた。

十八枚の写真が、テーブルの上に並んだ。

「熊本駅から、僕は、急行の『火の山5号』に乗りました。立野のホームにおりて、何枚か写真を撮り、そのあと、列車の窓から、景色を撮りました」

と、羽田が、説明した。

「人物より、景色に興味を持っているようですね」

亀井が、一枚一枚、見ていきながら、感想をいった。

「そうですね。景色の方が好きです」

「人間が写っているのは、四枚だけですね」

十津川は、その四枚を取り、他の写真を、片付けてしまった。

四枚とも、立野のホームにおりて、写したものだった。

一枚は、ホームの反対側に、上りの普通列車が入ってくるところを写したもの。一枚は、ホームから見た阿蘇の外輪山を写したもの。あとの二枚は、スイッチ・バックにカメラを向けて撮っている。どの写真にも、ホームにおりた他の乗客が、一名か、二名、入ってしまっている。

「どれも、偶然、カメラの中に入ってしまったんです。しかし、ここに写っているのが、犯人とは、思えませんね。見て下さいよ。ここに写っているのは、土地の人らしい六十代の老女、次の写真には、若い女性の二人連れ、あとの二枚には、女性の肩しか写っていません」

「しかし、今日の犯人は、この写真を狙ったんです。阿蘇の事件の犯人にとって、何か都合の悪いものが写っているから、盗っていったんですよ」

「そう思って、忍び込んだら、何も写っていなかったんじゃありませんかね」

「それなら、何も盗らずに引き揚げるでしょう」

と、十津川は、いった。

「しかし、この写真が、犯人の手掛りになるとは、とうてい思えませんがねえ」

「とにかく、この四枚の写真をお借りしたいのですが、構いませんか？」

「構いませんが、お願いがあります」

「何ですか？」

「昼間見せられた写真の女性は、いったい誰なんですか？」

と、羽田は、きいた。

十津川は、亀井と、顔を見合せていたが、

「いいでしょう。あなたには、今後も、協力して頂かなければなりませんからね。名前は、関口君子《せきぐちきみこ》。三十八歳です」

「どんな人なんですか？」

「熊本県出身の代議士で、関口文武《ふみたけ》という人がいます。四十五歳の気鋭の代議士で、アメリカの大学を出た秀才でもあります」

「名前は、聞いたことがありますよ。演歌好きが多い政治家の中では、珍しく、クラシックが好きとか、週刊誌に出ていましたね」

「その人です。彼女は、奥さんです」

「それが、事件に、どう関係してくるんですか？」

と、羽田は、きいてから、「ああ」と、ひとりで肯いて、

「阿蘇の旅館に、去年の秋に被害者と泊ったのは、その関口代議士なんですか？」

「そうです」

と、十津川は、微笑した。

「その先は、どうなるんですか？」

「関口さんは、M商事の管理部長の青木さんと、年齢は四つ違いますが、親友で、その関係で、秘書の清村ゆきと、関口さんが、親しくなったようです。去年の秋には、二人で、阿蘇へも旅行したらしいのです。それを、関口さんの奥さんが知って、騒ぎになったので

す。今年になって、三月初めに、奥さんの関口君子さんが、実家のある三角町で、自殺を図ったのですよ。まずいことに、これを週刊誌が書いたんです」

「そういえば、僕も読んだ記憶がありますよ。代議士夫人自殺未遂とかいうタイトルでしたね」

「それで、夫婦の仲も、うまくいかなくなって、離婚は、決定的と書かれました」

「関口代議士は、奥さんと別れたら、被害者と一緒になるつもりだったんですかね？」

「そうだったと思いますよ。ところで、被害者は、三角から、急行『火の山5号』に乗って来たんだといいましたね？」

「ええ。そうです」

「それで、われわれは、こう推理したんです。被害者は、三角へ行って、関口の奥さんに謝ったんじゃないか、とですよ」

「それは、確認されたんですか？」

「熊本県警が、三角に行って、関口君子に会って来たそうです。彼女は、被害者が来たことを認めていますね。申しわけないと、君子に、詫《わ》びたそうです」

「それで、関口君子は、どう返事したんですか？」

「彼女の証言では、もう、主人とは別れるつもりだから、あなたの好きにしなさいと、いったそうです」

「立派といおうか、いや、どうも、立派すぎますね」

「われわれも、そう考えました。しかし、関口君子の顔を、あなたは、車内で見かけなかったといい、彼女が、豊肥本線の『火の山5号』に乗っていた証拠は、どこにもないんです」

「じゃあ、アリバイは、完全ということですか？」

「被害者が、関口君子の実家に行き、詫びを入れて、帰ったとき、関口君子は、まだ、家の中にいた。これは、証人が、何人もいます」

「じゃあ、容疑者は、なしですか？」

「もう一人います。関口君子の弟がね。姉思いで、二十九歳のサラリーマンですよ」

十津川は、弟で、井戸年次《いどとしつぐ》という名前の男の写真も、見せてくれた。

なるほど、さっきの写真とよく似た顔の青年だった。

「あの列車の中で、彼を見かけましたか？」

と、亀井が、きいた。

「いや。見た記憶がありませんね。警察でも、調べたんでしょう？」

「熊本県警が調べました。あの日の急行『火の山5号』には、関口君子も、弟の井戸年次も乗っていないことがわかったそうです」

「それでも、僕に、関口君子の写真を見せましたね？」

「念のためです。関口君子も、井戸年次も、シロとなると、容疑者が、いなくなってしまうのですよ」

「肝心《かんじん》の関口代議士は、今、どうしているんですか？」

「入院しています」

「入院？」

「愛人が殺されたことが、ショックだったんでしょうね。事件の翌日の夜から、N病院に入院してしまいました。病名は、急性肝炎だそうです」

「関口代議士には、アリバイがあるんですか？」

「あります。事件当日は、午後一時から、銀座で、熊本県人会のパーティがあって、関口代議士は、それに出席して、あいさつしています。清村ゆきが、殺されたのが、午後三時頃ですから、彼には、立派なアリバイがあります」

9

十津川たちが帰ったのは、午前四時近くである。

羽田は、なにか、自分が、探偵になったような気持で、眠れなかった。

四枚の写真は、十津川たちに渡してしまったので、それだけ、もう一度、引き伸した。

その四枚を、改めて、テーブルに並べてみた。

(この中に、事件を解くカギがあるのだろうか?)

いくら見ても、羽田には、わからなかった。

犯人と思われる人間が、わざわざ、羽田の留守に侵入して、盗み出したのだから、犯人にとって、困るものが、写っているに違いない。

しかし、いくら見ても、それらしいものは、見つからないのだ。

四枚の写真の中には、三人の乗客しか、写っていない。

その中に、十津川に見せられた関口君子と、井戸年次はいない。

他に一人、左肩のあたりだけが写っているのがある。

スイッチ・バックの西端の方を、写真に撮ったとき、偶然、女の左肩のあたりが、入ってしまったのである。

しかし、思い出してみると、二十歳くらいの若い女で、関口君子ではなかった。

(それなのに、なぜ、犯人が、この写真を狙ったのだろうか?)

そんなことを考えているうちに、羽田は、眠ってしまった。

翌日、起きた時、眼が、はれぼったくなっていた。考えてみると、五時間しか眠っていないのである。

それでも、約束してあった埼玉県内の中小企業団地に、講演に出かけた。

待ち時間の時にも、四枚の写真を見ていて、世話役の青年に「いい女《ひと》の写真ですか?」と、ひやかされたりした。

夕方に帰宅した羽田は、ドアのカギをあけようとして、「やられた!」と、思った。

カギが、あけられているのだ。

あわてて、中に入り、部屋の中を、調べてみた。

今度は、五万円の現金も盗られていた。が、阿蘇で撮ったネガも、失くなっている。

明らかに、流しの泥棒《どろぼう》に見せかけているが、目的は、やはり、阿蘇のネガなのだ。

羽田は、すぐ、十津川警部に、電話で知らせた。

十津川は、亀井と、二人で、駈けつけた。

二人とも、やはり、この、二度目の事件に、大きな興味を示した。

「羽田さんには、申しわけないんですが、犯人が、また、盗みに入ってくれて、助かりました」

と、十津川は、いった。

「あの写真に、何かあるとわかったからですか？」

「そうです。昨日、警視庁に戻ってから、亀井刑事と二人で、何回も、四枚の写真を見たんですが、犯人が、狙った理由がわからなかったんですよ。犯人は、写っていないし、事件を解くカギがあるとも思えない。立野駅のスイッチ・バックが、事件のカギかと思ったんですが、それなら、写真をいくら盗んでも、立野へ行けば、いくらでも、現場検証できますからね。それで、写真は、意味がないんじゃないかと、諦めかけていたのです。しかし、犯人が、危険を冒《おか》して、ネガまで持っていったところをみると、やはり、あの写真に、事件を解くカギがあるのだと、確信しましたよ」

「しかし、犯人は、写っていないんでしょう？」

「そうです。われわれは、犯人は、男だと確信しています」

十津川が、ニッコリ笑っていった。

「男？　じゃあ、関口君子さんの弟の井戸年次さんですね？」

羽田が、ずばりと、きくと、十津川は、

「まあ、そうです」

と、肯いた。

「彼は、東京に、ひとりで住んでいるんですが、事件の日には、東京にいなかったことがわかりましてね。だから、アリバイが不確かなのですよ」

「僕の撮った四枚の写真には、井戸年次さんは、写っていませんね。というより、偶然、入ってしまったのは、全部、女性ですよ」

「そうです」

「それなのに、なぜ、犯人は、ネガまで盗っていったんでしょうか？　犯人は、女性だということは、考えられませんか？」

と、羽田は、きいてみた。

「つまり、この四枚の中に写っている女性ということですね？」

「ええ。だから、犯人は、必死になって、ネガまで、盗んでいったんじゃないかと思うんですが」

「いや。それはありません。ここに写っている女性については、熊本県警の方で、名前もつかんでいます。今日、電送したんですが、被害者と全く関係のない女性たちだとわかりました。全く無関係な人間が、針の先に、青酸を塗って殺すような真似《まね》はしませんからね」

「そうすると、ますます、この写真を、なぜ犯人が盗んでいったか、その理由が、わからなくなってくるじゃありませんか？」

羽田は、首をかしげてしまったが、十津川は、なぜか、ニッコリして、

「だから、面白いともいえるんです」

「どうも、意味が、よくわかりませんが」

「つまり、一見、何の意味もなく見えるこの四枚の写真の中に、事件を解くカギがあるということです。それに、昨日、あなたが、指摘して下さったこともあります」

「何でしたっけ？」

「犯人が、なぜ、ナイフを使わなかったか、なぜ、前腕部なんかに、毒針を突き刺したかという疑問です」

「ああ、それですか。答は見つかったんですか？」

「いや、まだ、見つかっていませんが、この二つの疑問の向うに、事件の答があると信じています」

と、十津川は、自信を持ったいい方をしてから、

「ところで、一日か二日、時間がとれませんか？」

「なぜですか？」

「われわれと一緒に、阿蘇へ行って貰いたいのです。熊本県警の捜査員も、同行して、事件を、もう一度、再検討してみたいのです」

「同じ急行『火の山5号』に乗るということですね？」

「そうです。なるべく、早い時期に、行って頂きたいのですよ」

「いいでしょう。僕も、事件に関係した人間として、誰が犯人か知りたいですからね」

羽田は、スケジュール表を見てから、明後日なら、あいていると、十津川に告げた。

10

その日、雨が降ったらまずいのではないかと思っていたが、朝、眼をさますと、雲一つない快晴の空が、広がっていた。

簡単な朝食をすませて、カメラに、カラーフィルムを入れているところへ、十津川と、亀井の二人が、迎えに来た。

パトカーで、羽田《はねだ》まで、送って貰う。

航空券は、すでに買ってあって、午前九時三〇分羽田《はねだ》発の熊本行TDA351便に乗った。

「まあ、気を楽にして、旅行を楽しんで下さい」

と、十津川は、ニコニコしながらいった。

羽田を、必要以上に、緊張させまいとしていったのだろう。

一一時二〇分に、熊本空港に着いた。

空港には、熊本県警の刑事が迎えに来ていた。あの三浦という刑事だった。

羽田は、複雑な気分で、三浦刑事と、握手をした。

事件の直後には、この刑事に、犯人扱いされたことを、思い出したからである。

空港から、熊本市内まで、県警のパトカーで、走った。

約五十分で、熊本駅前に着いた。

急行「火の山5号」の熊本発は一四時〇六分だから、二時間近い時間があった。

羽田と十津川たちは、三浦の案内で、駅前のレストランで、昼食をとることにした。

「一番怪しいのは、井戸年次です」

と、食事をしながら、三浦刑事が、いった。

「同感ですね」

十津川が、肯いた。

「彼には、アリバイがありません。それに、事件当日の朝、三角町内で、彼の友人が、彼を見たともいっているんです」

と、三浦は、いってから、

「しかし、あの日、井戸年次は、急行『火の山5号』には、乗っていないんですよ。乗客は全員、チェックできたんですが、その中に、彼はいません。それに、立野のホームでも、彼らしい人物を見かけていないんです。井戸年次は、怪しいんですが、どうやって、被害者に近づいて、殺したのか、全く、見当がつかないんです」

「被害者と、井戸年次は、顔見知りだったんですか？」

と、亀井が、きいた。

「姉の関口君子が、自殺を図り、被害者が、詫びに三角を訪ねたのは、あのときが、はじめてだったそうです。だから、顔を合せたとしても、一回か二回ぐらいでしょうね」

「被害者は、突然、三角町を訪ねたんですかね？」

「いや、電話で、行かせて欲しいと、何度も、懇願して来たそうです。それで、関口君子は、事件当日のあの日なら来てもよいといったといっています」

「すると、当然、弟の井戸年次は、前もって、被害者が来ることを知っていたわけですね」

「そうなりますね」

「僕も、一つ質問していいですか？」

羽田が、遠慮がちに、口をはさんだ。

「どんなことですか？」

と、十津川が、羽田を見た。

「被害者は、三角で、関口君子に詫びをしたあと、なぜ、まっすぐ東京に帰らず、豊肥本線に、乗ったんでしょうか？」

「それは、私が、答えましょう」

と、十津川が、いった。

「これは、関口代議士から聞いたんですが、彼の妻が、実家で自殺を図ったと聞いて、被害者の清村ゆきは、関口代議士と、別れることを決心したそうです。被害者は、心の優しい女性だったのだと思いますね。彼女は、三角へ行って、関口代議士の奥さんに、詫びたあと、関口代議士と過ごした阿蘇を見て帰りたいと、いっていたそうですよ。ただ、阿蘇でおりて泊ってしまっては、また、未練が出てしまうかも知れない、だから、豊肥本線の列車に乗って、帰る途中に、阿蘇の山を見たい、とです。これは、関口代議士にもいっていたし、友人にもいっていたようです」

「すると、井戸年次が、それを知るチャンスもあったわけですね？」

「あったと思いますね。関口君子が、被害者に、許すといったあと、どう帰るのかと、きいたとすれば、被害者は、豊肥本線で、阿蘇を見て帰ると、答えたと思いますからね」

「関口君子は、本当に、被害者を許したんでしょうか？」

「さあ、どうですかね」

と、三浦刑事は首をかしげて、

「被害者が、身を引いても、夫婦の間は、元に戻りませんからね。本当に許したかどうかわかりませんね。少なくとも、弟の井戸年次は、被害者を許してなかったと思いますよ。彼の姉思いは、有名だったようですから」

「やはり、どう見ても、井戸年次が、犯人のようですな」

亀井は、それが結論のようにいった。

「だが、問題は、どうやって、殺したかだよ」

十津川が、いう。

三浦は、食事をすませて、お茶を飲んでいたが、急に、思い出したように、

「その後、一つ、妙なことが、わかりました」

「どんなことですか？」

「被害者の左の掌《てのひら》が、少し汚れていたんです。彼女が、座席から、床に転げ落ちたとき、左の掌が床について、床の汚れが附着したんだと思ったんです。ところが、今朝になって、違うことが、わかりました。念のために、掌の汚れを分析して貰ったところ、土の微粒子だとわかったんです。つまり、泥《どろ》で汚れていたということです」

「泥？」

「そうです。列車の床の汚れではなかったんです」

「右の掌は？」

「汚れていませんでした」

「すると、こういうことですか。被害者は、列車からおりて、左手だけ、土にこすったと同じようになっていたという――？」

亀井が、首をかしげて、三浦に、きいた。

「ええ、そうなります」

「犯人が、泥のついた手で、被害者の左手をつかみ、引っ張っておいて、毒針を、前腕部に突き刺したということかな」

十津川が、考えながら、いった。

「われわれも、そう考えたんですが、もし、犯人が、汚れた手で、被害者の左手をつかんで引っ張ったのだとすると、むしろ、左手の掌よりも、手の甲が、汚れているんじゃないかというわけです。しかし、被害者の手の甲は、汚れていませんでした」

「すると、犯人が、汚れた手で、被害者の左手をつかんだのではなく、被害者が、何か、汚れたものを、左手でつかんだことになるんだが、いったい、何をつかんだんだろう？」

十津川が、考え込んでいる。

羽田は、列車の中の様子を思い出しながら、

「車内に、そんなものは、ありませんでしたよ」

11

四人が、熊本駅のホームに入ったとき、三角から走って来た急行「火の山5号」は、すでに、入線していた。

羽田が、あの時と同じ1号車に乗り込むと、十津川たち三人も、そのあとに続いた。

車内は、あのときと同じように、がらがらだった。

行動の自由のきくバスや、レンタ・カーなどに、客をとられるからだろう。確かに、阿

蘇をよく見るには、車で走った方が、便利に違いない。

四人は、あの日、被害者と、羽田が座ったコーナーに、向い合って、腰を下した。

亀井は、腰を浮かし、ぐるりと、車内を見廻した。

「ずいぶん、すいていますね。あの時も、こんなに、すいていたんですか？」

「ええ。こんなものでしたね」

羽田が、答えた。

「これじゃあ、犯人が、被害者を殺しても、他の乗客は、気付かなかったでしょうね」

亀井は、感心したようにいった。

「それに、手でつかんで、泥がつくようなものも、車内には、ありませんよ」

羽田は、三人に、いった。

床も、きれいに、掃除されているし、窓ガラスや、背もたれについている手すりも、汚れてはいない。

「被害者は、左ききだったんですか？」

羽田は、三人の誰にということもなく、きいてみた。

十津川が、首を横に振って、

「いや、上司や、関口代議士に会って話を聞いたところでは、彼女は、右ききだったということですよ」

「じゃあ、なぜ、左手で――？」

羽田がいったとき、急行「火の山5号」は、阿蘇に向って、動き出した。

羽田は、いやでも、あの日のことを思い出さずには、いられなかった。

物思いに沈んでいた女。あの時は、わからなかったが、彼女は、愛する関口代議士と、別れる決心をしていたのだ。

もちろん、自分が殺されるなどとは、思ってもいなかったろう。

次第に、列車は、登りになってくる。

肥後大津に停車したあと、あの日と同じ、一四時四七分に、立野に着いた。

「羽田さんは、あの日と同じように、動いて下さい」

と、十津川が、羽田にいった。

羽田は、カメラを持って、ホームにおりた。

あの日と同じように、春の陽《ひ》が、ホームに降り注いでいた。
五、六人の乗客が、ホームにおりて、周囲の景色を見たり、煙草を吸ったりしている。
羽田は、スイッチ・バックの端に向って、シャッターを切ったり、ホームの景色を写したりした。

やがて、熊本行の普通列車が、ホームの反対側に入って来た。

全て、当然のことだが、あの日と、同じである。

一分後に、急行「火の山5号」は、スイッチ・バックに向って、発車する。

羽田は、車内に戻った。

急行「火の山5号」は、逆方向に、ゆっくりと動き出した。

かなりの勾配を、ゆっくりと、登って行き、停車した。

信号が、変るのを待つのである。

「景色は、反対側の方が素晴らしいので、僕は向うで、窓の外の景色を、写真に撮っていました。だから、この時点で、彼女が死んでいたかどうか、わからないんです」

と、羽田は、いった。

十津川たちも、通路の反対側の座席に移って、窓の外を見た。

「なるほど、谷側のこちらの方が、展望が開けていますね」

十津川が、いった。

三十秒くらいして、列車は、再び、逆方向に、勾配を登り始めた。

ここまで登って来た線路や、立野の駅が、下の方に見える。

「乗客のほとんどが、こちら側の座席に移って来ていましたね」

と、羽田が、いった。

「すると、ますます、被害者を、殺しやすくなったことになりますね」

亀井が、いった。

「だが、なぜ、あんな面倒な殺し方をしたのかわからなくなるよ。羽田さんのいうように、ナイフで刺せばいいんだからね。それに、容疑者の井戸年次は、列車に乗っていなかったんだ。もし、彼が犯人だとすると、列車の外から、どうやって、車内にいる清村ゆきを殺せたかが問題になってくる」

十津川が、車内を見廻しながら、いった。

列車は、喘ぎながら、急勾配を登っている。

そして、赤水に着いた。

「ここでは、もう、彼女は、殺されていたんです」

と、羽田は、いった。

12

「降りよう」

突然、十津川が、いった。

理由が、わからないままに、他の三人も、あわてて、十津川と一緒に、ホームに降りた。

急行「火の山5号」は、すぐ、発車して行った。

「立野へ引き返そう」

と、十津川は、いった。

「なぜですか？」

亀井が、きいた。

「羽田さんの撮った問題の四枚の写真は、全て、立野のホームで撮ったものだ。それが、犯人に盗まれたとすれば、どうしても、事件のカギは、立野ということになる」

「しかし、何にも発見されませんでしたよ」

羽田が、いった。

「とにかく、立野に戻ろう」

十津川は、頑固にいった。

上りの列車を待つのが惜しくて、四人は、駅前でタクシーを拾い、立野に、急いだ。

立野に着く。

立野の駅は、駅舎が、上の方にあって、ホームは、下の方にある。

羽田が、ホームへ行こうとするのを、十津川が止めて、四人は、駅舎に入って行った。

駅員が、二人いた。

十津川は、警察手帳を見せてから、問題の四枚の写真を、二人の駅員の前に、並べた。

「これは、例の殺人事件のあった日に、この駅のホームで、撮ったものです。あなた方から見て、何かおかしいところがあったら、教えて欲しいんですよ」

と、十津川は、いった。

二人の駅員は、四枚の写真を、興味深そうに見ていたが、

「写真に写っている乗客が、おかしいということですか？」

「いや、乗客は、別におかしくはありません。他の何かが、おかしいんだと思うんですよ」

「ばくぜんと、いわれても、困るなあ」

駅員は、首をひねりながら、なおも、見ていたが、片方の駅員が、

「この二枚は、変じゃないか」

と、もう一人にいった。

ホームから、スイッチ・バックの端に向って、撮った写真だった。

「確かに、これは、変だよ」

と、もう一人の駅員もいう。

羽田たちが、のぞき込んだ。

「どこが、変なんですか？」

「ほら、スイッチ・バックの端の方に、小さく、人間が写っているでしょう」

「しかし、それは、ヘルメットをかぶって、作業服を着た保線区員ですよ。別に、おかしくはないでしょう？」

羽田がいうと、駅員は、

「あの日、保線区員は、立野には、来なかったんです」

「本当ですか？」

思わず、亀井が、大きな声を出した。

「ええ。別に、異常箇所は、ありませんでしたからね。第一、一人でいるのがおかしいですよ。普通、保線区の人間は、二人以上のチームで、作業しますからね」

「井戸年次だ」

と、三浦刑事が、いった。

13

四人は、ホームへおりて行き、改めて、スイッチ・バックの端に眼を向けた。

「これで、どうやって、殺したか、だいたいわかって来たじゃないか」

と、十津川は、スイッチ・バックに、視線を向けたまま、いった。

「井戸年次は、被害者が、三角から、列車に乗ったのを知っていた。熊本から、急行『火の山5号』になる列車にだ。そこで、ヘルメットに、作業服を着て、保線区員という恰好で、立野のスイッチ・バックで、待ち受けていたんだよ」

「しかし、どうやって、被害者が、『火の山5号』に乗ったのを知ったんでしょうか？」

羽田がきくと、十津川は、

「こういうことだと思いますね。被害者が、詫びに三角の家を訪ねた。その時、井戸も、そこにいたんですよ。被害者は、関口君子に、豊肥本線で、別府まで行って、帰るといって、三角の駅に向った。井戸年次は、そのあとをつけたんだと思いますね。彼女は、別府までの切符を買う。その時間で、どの列車に乗るか、見当がつきます。三角駅というのは、一時間に、一本ぐらいしか、走っていませんからね。それに、三角発で、別府まで行く列車となると、限られています。すぐ、急行『火の山5号』と、わかったと思うのですよ。井戸は、家が、三角だから、豊肥本線にも、何回か、乗っていたと思います。立野のスイッチ・バックも、よく知っていて、ここで、清村ゆきを殺そうと思った。そして、車で、先廻りしたんです」

「タクシーですか？」

「いや、実家にある車を使ったと思いますね」

「実家には、乗用車があります」

と、県警の三浦刑事がいった。

十津川は、肯いてから、

「急行『火の山5号』は、三角から熊本までは、各駅停車の普通列車です。その上、熊本駅では、十一分間も、停車する。熊本からは急行になりますが、登りになると、自転車ぐらいのスピードに落ちてしまうのは、われわれも、経験しました。その点、道路は、よく整備されているから、立野に、先廻りするのは、楽だと思いますね。白いヘルメットや、保線区員に似た作業服は、売っていると思います。作業服専門の店がありますからね」

「毒針は、いつ用意したんですかね？」

羽田がきいた。

「あれは、前もって、用意しておいたんだと思いますね。被害者が、三角へ来ることは、前から、わかっていたんですから」

「立野に先廻りした井戸年次は、もちろん、改札口から駅には入らず、勝手に線路に入り込んで、スイッチ・バックの端に行き、じっと、待っていたんですね。保線区員のような恰好だから、一般の人は、不審に思わない。たまたま、羽田さんの撮った写真に、写ってしまったということでしょうね」

と、亀井が、いった。

「さっき、列車に乗っているとき、計ってみたんです」

と、十津川は、腕時計に、ちらりと、眼をやって、

「列車は、逆方向に、勾配を登って行って、スイッチ・バックの端へ行き、いったん、停車する。そして、また、逆に、進む。この間が、三十秒間です。三十秒間、列車は、スイッチ・バックの端に停車する。井戸は、この三十秒を利用して、被害者を殺したんですよ」

「どうやってですか？」

三浦刑事が、きいた。

「これは、想像するより仕方がないんだが、ナイフを使わずに、毒針を使ったこと、左手の前腕部を刺していること、左手の掌に、土がついていたことなどを考えれば、だいたいの想像はつきますよ」

「どんな風にですか？」

「ナイフは、使わなかったのではなく、使えなかったんだと思いますね。腕に、ナイフを突き刺しても、それで死ぬとは限りませんからね。だから、針に、青酸を塗った凶器を使ったんです。列車が、スイッチ・バックの端で、停《と》まる。保線区員の恰好をした井戸は、四両の客車を、ずっと見て行く。1号車に、被害者が、腰をかけているのを見つけた。幸い、車内は、乗客は、まばらだし、そのまばらな乗客は、反対側の窓から、谷側の景色に見とれている。チャンスです。そこで、井戸は、被害者の座っている窓ガラスを叩《たた》いたと、思いますね。何だろうと、彼女は、窓の外を見る。ヘルメットに作業服の保線区員が、立っているから、何の疑いも持たずに、窓を開けたに違いありません」

「そこを、毒針で刺したんですか？」

三浦が、先走っていうのを、十津川は、「いや」と、首を振った。

「ただ、窓を開けただけじゃ、左腕は、刺せませんよ。窓の外に、被害者の左腕を出させなければならない」

「どうやったんでしょうか?」

羽田が、きいた。

14

「県警の調べでは、被害者の左手の掌に、土がついていたといいます。そこに、ヒントがあると思う。彼女は、左手で、何かを摑《つか》んだんですよ。逆にいえば、犯人の井戸が、うまく、摑ませたことになりますね」

「しかし、どうやってですか?」

「多分、こうしたんだと思う。井戸は、保線区員になりすまし、両手に、近くの土をこすりつけておき、その手で、ジュースの缶《かん》でも持って、被害者に、こういうんです。ごらんの通り、両手が汚れているので、このジュース缶をあけてくれませんかとね。それを、嫌だとはいわないでしょう。彼女は、そのジュース缶を受け取って、栓《せん》をあけてやった。彼女は、右ききだから、左手で、缶をつかんで、右手であけたに違いありません。そのとき、ジュース缶に、土がついていたので、彼女の左手の掌にも、土がついた。缶をあけた彼女は、当然、左手で缶を持って、井戸に渡そうとする。井戸の方も、わざと、離れて立っていれば、彼女は、手を伸して、渡そうとする筈です。その時、用意していた毒針で、差し出された左腕を、刺したんですよ。被害者はびっくりして、あわてて、手を引っ込める。犯人は、凶器の毒針を、素早く、車内に投げ込んだ。ほとんど同時に、信号が変って、列車は、動き出す。犯人は、悠々《ゆうゆう》と、姿を消したに違いありません。立野の駅員にさえ見つからなければ、ヘルメットに作業服姿の男が、線路上を歩いていても、誰も、怪しみませんから」

「しかし、犯人は、羽田さんに、写真を撮られていたことを思い出したんですね」

三浦刑事が、ちらりと、羽田を見ていった。

「そうです」と、十津川が、いった。

「乗客の一人が、スイッチ・バックの端に向って、カメラを構えていたのを思い出したんですね。井戸年次には、アリバイはない。だが、急行『火の山5号』に乗っていなかった。立野の駅にも、次の赤水駅にもいなかった。それが、逃げ道だったんです。毒針は、車内に投げ込んだから、犯人は、車内の乗客の一人と思われますからね。しかし、いない筈の保線区員が、写真に写っていたとなると、犯行の方法がわかってしまい、自分が危くなる。そこで、羽田さんのことを調べたに違いありません。住所がわかったところで、羽田さんのマンションに忍び込んだのです。一度は、羽田さんが帰って来て失敗し、もう一度、ネガを奪いに、入ったんです」

「それが、結果的には、井戸年次の命取りになったわけですな」

亀井が、ニヤッと笑った。

十津川も、微笑した。

「そうなんだ。彼が、何もしなかったら、われわれは、まだ、事件を解決できずにいた筈だ。羽田さんの撮った写真を見ても、何の疑問も持たなかったろうからね。保線係というのは、線路の傍では、いわば、『見えない人』なんだ。そこにいて当然の人だから、怪しいなどとは思わない」

「僕は、犯人に、二回もやられた後でさえ、あの写真のどこが不審なのか、全くわかりませんでしたからね」

と、羽田は、頭をかいた。

＊

羽田は、東京に帰ってから、新聞で、犯人として、井戸年次が逮捕され、自供したことを知った。

その後、仕事に追われて、いつの間にか、事件のことは、忘れてしまっていたが、十

二、三日してから、一通の手紙を、十津川警部から受け取った。

先日は、捜査に協力頂き、ありがとうございました。本日、犯人の井戸年次が起訴され、私たちの手を離れました。が、こうした事件では、いつも、刑事は、因果《いんが》な仕事だと思います。

殺された清村ゆきも、可哀《かわい》そうですし、犯人の井戸も、ただただ、自殺を図った姉が可哀そうで、あの凶行に走ってしまったに違いありません。

表面的に見れば、一番悪いのは、関口代議士ということになるのですが、愛というものは、理性でコントロールできないもので、私は、彼を非難する勇気はありません。もちろん、夫婦の間が完全に冷えてしまった今、奥さんも可哀そうです。多分、二人は、離婚するでしょう。

私は、こういう事件にぶつかると、刑事としては、感傷的すぎて、不適格ではないかと、思ってしまいます。

気分転換に、ひとりで、旅にでも行ければいいのですが、事件に追われていると、それも、ままなりません。

出来れば、次の事件では、ただ、追いかけることだけを考えればすむ、凶悪な犯人であって欲しいと念じています。

羽田様

十津川拝

この作品は昭和五十九年八月新潮社より単行本で刊行され、昭和六十二年一月に文庫判で刊行されました。

なお、作品に使われている時刻表は、それぞれの作品の初出時のものです。

展望車殺人事件

一〇〇字書評

切り取り線

購買動機（新聞、雑誌名を記入するか、あるいは○をつけてください）	
□（　　　　　　　　　　　）の広告を見て	
□（　　　　　　　　　　　）の書評を見て	
□ 知人のすすめで	□ タイトルに惹かれて
□ カバーが良かったから	□ 内容が面白そうだから
□ 好きな作家だから	□ 好きな分野の本だから

・最近、最も感銘を受けた作品名をお書き下さい

・あなたのお好きな作家名をお書き下さい

・その他、ご要望がありましたらお書き下さい

住所	〒				
氏名		職業		年齢	
Eメール	※携帯には配信できません	新刊情報等のメール配信を 希望する・しない			

この本の感想を、編集部までお寄せいただけたらありがたく存じます。今後の企画の参考にさせていただきます。Eメールでも結構です。

いただいた「一〇〇字書評」は、新聞・雑誌等に紹介させていただくことがあります。その場合はお礼として特製図書カードを差し上げます。

前ページの原稿用紙に書評をお書きの上、切り取り、左記までお送り下さい。宛先の住所は不要です。

なお、ご記入いただいたお名前、ご住所等は、書評紹介の事前了解、謝礼のお届けのためだけに利用し、そのほかの目的のために利用することはありません。

〒一〇一・八七〇一
祥伝社文庫編集長　坂口芳和
電話　〇三（三二六五）二〇八〇

祥伝社ホームページの「ブックレビュー」からも、書き込めます。
http://www.shodensha.co.jp/bookreview/

祥伝社文庫

展望車殺人事件《てんぼうしやさつじんじけん》

平成26年2月20日　初版第1刷発行

著　者　西村《にしむら》 京《きよう》 太郎《たろう》

発行者　竹内和芳

発行所　祥伝社《しようでんしや》

東京都千代田区神田神保町3-3
〒101-8701
電話　03（3265）2081（販売部）
電話　03（3265）2080（編集部）
電話　03（3265）3622（業務部）
http://www.shodensha.co.jp/

印刷所　萩原印刷
製本所　関川製本
カバーフォーマットデザイン　芥 陽子

Printed in Japan ©2014, Kyotaro Nishimura　ISBN978-4-396-34011-7 C0193